심야 토끼

시작시인선 0561 심야 토끼

1판 1쇄 펴낸날 2026년 4월 20일

지은이 김기주
펴낸이 이재무
기획위원 김춘식, 유성호, 임지연, 차성환, 홍용희
편집 이호석, 박현승
편집디자인 김지안, 장수경
펴낸곳 (주)천년의시작
등록번호 제301-2012-033호
등록일자 2006년 1월 10일
주소 (03132) 서울시 종로구 삼일대로32길 36 운현신화타워 502호
전화 02-723-8668
팩스 02-723-8630
블로그 blog.naver.com/poemsijak
이메일 poemsijak@hanmail.net

ISBN 978-89-6021-848-2 04810
     978-89-6021-069-1 (세트)

값 11,000원

심야 토끼

김기주

천년의시작

일 년의 시간을 시에 빠져 살았다.

마지막 한 편을 탈고하고 보니 겨울이 눈앞에 와 있다.

시집 한 권의 사념과 언어가 몸에서 빠져나간 허전함 때문인지

새로 나타난 겨울이 유난히 춥고

뉴스에 등장하는 세상의 모습이 낯설다.

부끄러움으로 얼룩진 이 독백들이

누군가에게 작은 위로라도 되어 줄 수 있을까.

아마 어려울 것이다.

그런 생각을 하니 마음이 쓸쓸해지고

사람의 마음과 마음이 닿는 일의 어려움과

무엇 때문에 이런 일을 하고 있을까 하는 생각과

그래도 살아 있는 자는 어딘가를 향해

나아가야만 한다는 생각으로

얼어붙은 한강변을 걷는다.

빨리 봄이 왔으면 좋겠다.

차 례

시인의 말

제1부   한강변 조커

제2부 불국사 데이트 사진

제3부   때로 외딴집이 필요하다

해 설

제1부 한강변 조커

마녀

명품만 씁니다
검정 프라다 외투
까르티에 목걸이와 팔찌
페라가모 뾰족구두
진품이라야만 실루엣이 살고
주문의 효과가 빨리 나타납니다.

비용이 많이 듭니다
매부리코 성형
늘어나는 주름살 관리
합죽이 치열교정
출연료, 저작권료 입금들을 제때 안 합니다.

잠깐 전화 좀 받구요
요즘 아이들이 적어 신생아 조달은 어렵습니다
원칙적으로 아시아 출장은 안 합니다
산과 들이 낯설구요
내비게이션이 찾지 못하는 곳이 너무 많습니다
온라인 상담은 가능합니다.

바쁜 척 하지만 사실은 할 일이 없지 않냐구요?
그래도 사람들은 끊임없이 저주를 내뱉고
누군가를 높은 탑에서 밀어뜨리고 싶어 하니까요
깊은 숲에서 부엉이 울음소리 들리고
늑대가 우는 만월의 밤에
거꾸로 매달고 싶은 어떤 이가 있을 때
관 속에 있는 몇몇 사람을 불러내고 싶을 때
창문을 열고 내다보세요
망토를 휘날리며 날아가는 내가 보일 거예요
연락 주세요
날카롭게 잘 우는 고양이 몇 마리 삽니다.

마트료시카

처음에는 귀엽지
근데 쳐다보고 있으면 이상한 기분이 들어
몸뚱이 안에서 또다른 몸뚱이가 자꾸 나와
어떤 일이 있어도 무너지지 않을 모습?
러시아 여행을 다녀온 친구가
통통한 목각 인형을 건네며 말했다.
사라지지 않는 몸
자기 안의 자기
하나이면서 다섯인 몸뚱이
아무것도 보지 않는 듯하면서
모든 걸 보고 있는
눈썹이 긴 여자, 들

꼬마 인형의 저주일 리는 없겠지
3개월 연속 체중이 빠지더니
시티 사진에 마지막 인형만 한 하얀 반점이 느닷없이 출
현하고
검은 옷을 입은 신사 같은 폐암이 그녀를 방문했다.
몸으로 들어온 마지막 인형
6개월의 시한부 삶

정전이 되었다 불이 들어왔다 하는 집처럼
캄캄해졌다가 눈부시게 밝아지곤 하는 세상
조명이 맞지 않아 늘 걸음을 비틀거렸다.
빨래집게 비슷한 자세로 거실 바닥에 구부려져 있으면
개미 떼처럼 우글대는 이유 없는 분노
흘러내린 분노의 조각들이 바닥에서 몸을 찔렀다.

이제는 거의 울리지 않는 핸드폰을
서랍 깊숙이 집어넣고
자질구레한 기억 멀리 발송하고
진지하고 어설프게 만나고 헤어진 남자 몇
어느 날의 햇살과 웃음
목울대까지 치밀어 올랐지만 끝내 하지 못하고 지나온 말들
꼼꼼하게 더듬어 가며 모두 가위로 오려 내고
안개가 깔리는 저물녘 풍경을 바라보며
매일 저녁 잠깐씩 조용한 울음을 흘리면서

기억들 거의 다 떠나보내고
견뎌야 할 것이 점차 줄고

아프던 가슴의 통증이 점차 희미해지고
무엇을 먹었는지 기억하지 못하게 되고
자기 안에 작은 자기가 싹을 틔워
자기 안에 또 다른 자기가 자라나는 것을 지켜보면서
마침내,
어느 날 몸에서 흘러나온 회백색 뿌연 영혼이
장식장 위에 놓인 인형 안으로 들어가는 것을 느꼈다.
무너지지 않는 원형의 몸통
몸뚱이 안의 몸뚱이
생명 안의 생명
계속 작아지지만,
결코 쓰러지지 않고 서 있는 여자
마트료시카

블랙 뮤지엄*

모래바람 부는 벌판으로
낡은 자동차 한 대가 달려올 때
열린 차창으로 락이 크게 울려 나올 때
당신은 조심해야 한다.
삶의 모든 순간이 블랙홀
에어컨 실외기의 호스를 자른 후
문을 좀 열어 주세요, 부탁한 여자는
전시물들을 천천히 둘러보며
당신에게 물을 것이다
데이터를 간직한 유리 상자 안의 뇌
끊임없이 전기 충격에 시달리는 사형수의 홀로그램
조심해서 대답해야 한다.
뇌 안을 엿본, 뇌 안을 엿보게 한
대가는 클 것이다.
갑자기 실내가 몹시 더워지고
당신은 땀을 흘리게 된다.
여자가 물을 권할 것이다.
마시면 안 된다.

삶의 모든 순간이 복수
어떤 영혼의 고통이 당신의 것이 된다.

당신에게 오는 모든 디지털 신호
안이비설신의
색성향미촉법
당신의 의식
당신 안에 뒤섞인 또다른 누군가의 의식
당신의 고통
당신의 수치
당신의 죽음
이, 해체되어
유리 상자 안에 전시되고,
어느 날 호기심을 가지고 찾아온 누군가가
그걸 둘러보고 관람하는
박물관
당신의 지금 이 순간 생각이 전시되는 박물관.
황량한 벌판 가운데 서서
이 납작한 회색 건물은 당신을 기다린다.

* 블랙 뮤지엄—영국 드라마 〈블랙 미러〉 중 한 편.

먼 행성으로 돌아가는

늘 앉아 있던 카페인데
어느 순간 갑자기 주변이 낯설어지고
이상한 곳에 와 있다는 느낌이 든다면,
옆에서 들리는 대화가
주파수 엇갈린 라디오처럼 자꾸 끊어지거나 멀어진다면,
아이스 아메리카노 얼음 사이로 가느다란 빛이 보이고
나지막하게 웅얼거리는 무슨 소리가
그 빛의 틈을 비집고 마음의 밑바닥으로 흘러 들어온다면,
그래서 잠시 할 말을 잃게 된다면,
앞에 앉은 이가 의아한 시선으로 당신을 바라보게 된다면,
당신의 고향은 여기가 아닌 아주 먼 어느 곳,
안드로메다 은하 어디쯤의 별

별이 보내는 노래가 들릴 거야
꿈결 어디쯤에서 가끔 한 번씩 들었던 노래
점점 커지는 마음의 울림을 따라
나선형 긴 계단을 걸어 어둠으로 내려가면
아주 깊은 바닥에서 잊고 있던 풍경들이 나타날 거야
죄없이 투명한 몸과 나무
어디에나 있고 어디에서나 사라지는 벽과 집

눈빛만으로 하는 대화
폭죽처럼 터지며 반짝이는 작은 웃음
오래 기다려도 전혀 슬프지 않은 기다림
가로수처럼 담담하게 서 있는 죽음

늘 몸을 눌러대는 지상의 것들
어설프게 조립되어 있는 건물과 거리,
중력의 방향으로 움직여야 하는 형벌,
따위의 것들을 모두 넘어서서
너의 깊은 곳 아주 안쪽에
사금파리 조각처럼 박혀 빛나는 무엇
어느 순간 홀연히 전파가 와 닿지
세상이 지워지지, 갑자기 정전이 된 건물처럼
그러면 너는 돌아가야 할 거야, 돌아가게 되지
너는 여기에 속해 있지 않아
나지막한 노래가 들리잖아, 귀를 기울여 봐

길냥이

알고 있는가
인간들 모두 잠든 밤이면
지상의 우리들 모두 하늘을 날며
손을 맞잡고 함께 춤추고
끝없는 우리들의 원무가 달까지 퍼져가
때로는 노오란 달 표면에
스크래치를 남기기도 한다는 사실을

알고 있는가
깊고 깊은 지하 어느 곳
오래전부터 우리가 만들어 온 터널이 있어
달리고 달리며
한국의 달동네와 뉴욕의 뒷골목과
사막에 우뚝 선 모스크의 회랑을 쏘다니고
우리가 본 풍경들을
투명한 우리의 눈빛에
담아 놓고 있다는 사실을

인연에 지치고, 인연이 싫고,
인연과 멀어지고 싶어서
담벼락을 타고 넘어

외줄의 난간을 지나
구석으로 좀 더 외진 구석으로
완전한 어둠 속에 혼자 웅크리고 있고 싶어 하는
존재의 심정을 알고 있는가

알고 있는가
그 외로움과 슬픔이 수정처럼 견고해져
결코 눈물을 내비치는 일이 없고
인기척 없는 뒷골목에,
이따금씩 견디지 못해 흘러나오는
낮은 비명만을 남긴다는 사실을

조커[*]

세상이 원하지 않는 존재였을지도, 권력의 욕망만이 충만한 어느 이기적인 귀족의 하룻밤 들뜬 욕망의 전혀 예상하지 못한 업보였을지도, son of beach, 흰색 벽의 좁은 방에 오랫동안 갇혀 있었을 수도, 어쩌면 미치광이의 유전자를 애초부터 가지고 태어났을 수도, god damn, 종이접기로 만들어진 세상, 쉽게 부서지고 쉽게 불탄다. 가면들의 무도회. 엇박자의 리듬 속에 헝클어지는 발걸음들. 확인하지 않아도 안다. 확인할 필요도 없다. 음모로 건설되고 음모로 진행되는 세상. 너희들을 믿지 않는다. 모두가 가짜이고 출발부터가 비정상이었다. 거리마다 내걸린 포고령과 날마다 쏟아지는 공고문에 저주 있을저! 형이상학의 나약함과 형이하학의 비루함에 낯빛이 창백해진 행렬. 너희들의 안일, 너희들의 비겁, 너희들의 태평에 감사하는 하루를 거부한다. 단지 희극만이 존재하는 거대한 무대에서의 공연을 찾아, 웃음이 나오다가, 눈물이 맺히다가, 걷잡을 수 없이 마지막 웃음이 터진다. 귀밑까지 입이 벌어진다. 새빨갛게 벌어진 입술로 예언하노라, 너희들의 도시에 밤만이 계속되리라. 다시는 영영 해가 뜨지 않으리라. 나의 조롱의 웃음

소리만이 만월처럼, 만월처럼 거리거리에 울려 퍼지리라.

＊ 이 시는 호아킨 피닉스 주연 영화 〈조커〉(2019)의 내용을 일부 활용하였습니다.

엘리베이터

금속광이 번쩍이는 이 네모난 공간은 언제나 어색하다.
말이 끊어지며 다가오는 서늘한 공기
처음인 듯 아닌 듯 낯선 얼굴들
감추고 싶은 무언가가 있는 것인지
모두 시선을 피한 채 벽을 바라본다.

바닥이 꺼지는 느낌으로
모두가 함께 어딘가로 올라가고 있다는 것이 이상하다.
바닥이 솟아오르는 느낌으로
모두가 함께 어딘가로 내려가고 있다는 것이 이상하다.
문이 열리면, 문이 닫힐 때와 전혀 다른 풍경이 펼쳐지
는 것이 이상하다.

문이 닫힐 때마다 한 세상과 작별하고
문이 열릴 때마다 한 세상이 나타나는
이 매일매일의 만화경
반드시 캐내야만 할
깊이 감추어진 무슨 비밀인가가 여기에 있는 것 같다.

깜박깜박 빛나는 머리 위의 숫자들을 보면

어딘가 다른 세계로 빨려 들어간다는 느낌
한 번도 내려보지 않은 새로운 층이 있을지.
가장 높은 곳까지 올라가 하느님을 만나는 층
가장 낮은 바닥까지 내려가 떠나간 모든 얼굴을 만나는 층
꿈속을 얼핏 스쳐간 샤갈 그림의 세계

서둘러 뛰어드는 순간
그토록 완강했던 현실의 문이 잘도 닫히고
흔들리는 몸이 위로 위로 떠오를 때
잠시 눈을 감고 새로운 층이 나타나기를 기다린다.
기다리는 시간이 때로 영원처럼 길어진다.

게이샤

연분홍 작약꽃 무늬 기모노를 단정하게 여미고
오늘도 나는 그대를 기다린다.
부딪히는 검들처럼 출렁이는 샤미센 가락을 타고
입관 전의 사자처럼 하얀 분칠을 한 얼굴로
가장 붉은 입술로 그대에게 입을 맞추리니,
그대여, 오늘은 나와 함께 맑은 독주를 마시고
생명의 환희가 눈처럼 날리는 이 꽃나무 터널 사이로
취흥이 이끄는 대로 길을 거닐자.
유난히 하늘이 파랗게 보이는 어느 꽃그늘에서
부채의 율동을 활짝 펼쳐 보이겠다.
뼛속 깊은 그대의 갈증이 사그라들 때까지

약간 비틀대도 좋을 것이다.
한 번쯤 껴안고 뒹굴어도 좋을 것이다.
아직은 꽃잎이 날리는 이승의 시간
서두르지 않고 천천히 가도 될 우리의 시간
수없이 맑은 눈을 날카로운 칼로 그어야 했던
볏단처럼 무너지는 몸뚱이들을 달리는 말발굽마다 짓밟
아야 했던

좌절이 실핏줄처럼 퍼져나간 그대의 눈망울을
희고 가느다란 손가락으로 쓰다듬으리니
이 부드러운 망각의 애무를
굳게 여민 앞섶을 활짝 열고 받아 다오

잠시 눈을 감고 있는 그대 심장에 귀를 얹으니
외줄의 샤미센이 높고 맑게 울고
뼈만 남은 주검들 위로 자욱하게 내려앉는 고요가 보인다.
소풍이 끝나면 도시락을 구겨서 버려야 하니
발을 붙들고 매달리는 것들을 기꺼이 뿌리치고
미련없이 가자
기어코 닿게 될 푸른 하늘의 시간,
가을 억새처럼 생명들이 손을 흔드는 전장을 지나
저기 꽃터널의 바깥에
영원으로 이어지는 길이 보인다.

폭설

진흙에 버무려진 잡탕 투성이 뉴스가 떠다니는
찌뿌둥한 무채색 도시
꼬이고 돌아가느라 지친 길 위로 빨리 어둠이 내리고
서둘러 녹슨 셔터를 내린 가게들 앞으로
취해 흔들거리는 남자들 서넛, 골목 안으로 구겨지고
사연을 지킬 힘을 잃은 연립주택 창문들 희미한 불빛
하나둘씩 기운없이 꺼져가는데

그래도 어딘가에 숨어 있는 동화의 기억이
숨죽이고 있던 소망을 밤새도록 띄워 보냈나 보다.
마법사의 전령 같은 까마귀 몇 마리 높이 날아간 하늘 아래
커다란 합창이 울리는 아침

담벼락에 기대 울던 취한 남자, 온 데 간 데 없고
뒷골목 쓰레기통, 귀퉁이 깨진 보도블럭 모두 사라지고
깨끗한 달력의 여백처럼 환해진 거리
벙어리들의 산채로 이어지는 길이 가지런히 뻗어 있다.
사람 자취 없는 공터에 혼자 발자국을 찍으며
상수리나무 가지까지 동그랗게 입김을 날려 보내는데

전염병처럼 퍼져 있는 불길한 풍문,
어딜 가나 흘러넘치는 불평과 한숨, 모두 파묻었다고
큰 모자를 눌러 쓰고 인사하는 나무들, 담장들
깨끗한 약속 하나를 적어 눈사람 같은 우체통에 넣어 볼까.
곧 반송될 게 분명하지만
무언가 다시 다짐하고 싶어진다, 이 은빛 고요 앞에서는

사마귀

혹시 저주받은 운명 떠올리시는지
트라페즈 코트를 걸친 한심한 부잣집 아들 정도 생각하
시는지
제대로 나를 바라본 적이 없다고?
진정한 관심을 가지고 나를 보려면
모든 순간에 목숨을 걸고 사는 존재,
순간을 영원의 불꽃으로 태우는 존재를 생각해 보시기를
그대들이 배회하는 동안 나는 니체를 읽는다네

숨고 피하는 존재들이 받아 마땅한 형벌을 준비하고
심판의 눈초리로 항상 두리번거리네
포복으로 전전하는 삶을 보면 저절로 형벌의 톱날이 작
동하지
육식성 존재만이 아는 진정한 비애의 마음으로
힘차게 앞발을 내뻗어 목을 조르네

연민과 동정, 구질구질한 눈물 제발 보이지 말아 다오
쓰러진 다음에 늘어놓는 궁색한 변명 가장 싫어한다오
빛나는 눈동자를 직시하지 않는 그대들의 비겁,
생명을 구걸하려 움츠러드는 비굴을 혐오하네

눈보라 치는 겨울이 그렇게 무서운가?
벌판 가득 하얀 서리가 내릴 때면
고별의 말 같은 것 남기지 말고 기꺼이 떠나야지

나의 사랑은 상대의 마지막 살까지 씹어먹는 크기
눈물 없이 그럴 용기를 지닌 자에게만 진짜 사랑이 허락
되는 법,
그대들이 나태의 바닥에서 뒹굴고
천박한 유희와 치장으로 다시 오지 않을 나날을 흘려보
낼 때
물방울 반짝이는 진초록 풀잎 사이에 낮게 엎드려
죽음으로 완성되는 뜨거운 사랑을 기다리네
간절한 그 한순간이 나에게는 늘 영겁이 되네

공

눈에 띄기만 하면 저절로 몸이 따라간다.
둥근 지구 위에 살고 있기 때문일까?
창을 들고 둥그런 지평선 끝까지 달려나간 사람들은
지금보다 훨씬 경쾌한 리듬 위에서 살았을 듯.
공
공, 공,
발음도 경쾌하다.
우울의 들판에서는 튀어오를 수가 없겠지
항상 명랑한 도약을 원하니
내면에 따로 감추어 놓은 날카로운 무엇이 있을 리 없지
상처받아 일그러진 부분도 보이지 않지

신이 있다면 공의 형상을 하고 있지 않을까
움켜쥘 마음이 없으니 팔이 필요 없고
어딜 꼭 가고야 말겠다는 마음이 없으니 다리가 필요 없
겠지
전혀 화를 내지 않을 것 같은
늘 밝고 환한 표정
옹글게 말려들어간 내면에
우리가 보지 못하는 고요의 바다가 있을 듯

하늘 높이 솟아 올랐다가 담장 너머로 사라져 가는 둥근 궤적에
　　내내 시선이 따라가 머무는
　　먼지 이는 흙바닥을 달리는 한 무리의 소년들
　　여기가 어디인지 다 잊고
　　지겨운 잔소리, 숙제도 다 잊고
　　초원을 질주하는 버팔로같이
　　구속받지 않는 야생의 영혼으로 매 순간 태어나고 있네

　　갈증을 느끼며 애타게 뒤를 따르는 건
　　잃어버린 진짜 무언가가 안쪽 어딘가에 숨겨져 있기 때문
　　잡는 순간 늘 놓치고 말지만
　　그래도 언뜻언뜻 번개처럼 스쳐 지나가는
　　아주 오래 전의 뿌리에서부터 전해져 온 무엇,
　　몸이 짜부라지도록 눌러대는 중력에서 해방되어
　　지저분한 거리와 어지럽게 얽힌 지상을 벗어나
　　영원의 끝 지점을 향하는 정신
　　끝끝내 튀어오르고야 마는 정신

예언자

고귀한 혈통은 아니지만,
안개 자욱한 산정에서 계시의 석판을 받은 것은 아니지만,
뒷골목 낮고 어두운 곳에서 태어나
가난과 수치로 점철된 거리를 배회해서일까,
나에게는 보인다.
모두들 온몸을 던져 앞을 향해 달려가지만
결국은 쓰러지는 허망한 결말이.
사력을 다하는 무수한 안간힘 속에
패배의 지점에 가 닿는 선 하나가 뚜렷하게 잠겨 있다.

영광의 순간도 있을 것이다.
승리의 순간도 있을 것이다.
그러나 훤히 보인다.
그 후에 다가오는 비탈진 내리막길,
도달할 수밖에 없는 최후의 폐허.

갈채 뒤의 환멸
영광 뒤의 전락
종국적 패배
마지막에 남는 회한과 고독

분명한 행로가 왜 그렇게 보이지 않는 것일까.

보이지 않게 조금씩 자라난 가시들이
움직이지 못하게 발바닥을 찌를 것이다.
거기에서 혼자 쓰러지게 될 것이다.
암울한 침묵이 깔린 벌판
먹빛 하늘에 까마귀 떼만 울부짖을 것이다.
귀담아 듣지 않던 나의 말이 생생한 입상으로 서 있을 것
이다.

심야 파티

해가 뜨는 때를 생각하지 않는다.
내일 아침은 없다.
흩뿌리는 열기만으로 연명하는 짐승들의 시간
인간인 체 하는 것들을 이겨내는 유일한 시간
시작한다, 모든 창문을 닫고

근엄하게 인상 쓰는 습관 가진 놈들 다 골라내
퇴장시켜, 얼씬도 못 하도록
빌딩 늘어선 거리에만 서면 비실대는 놈들, 밝은 빛이 피
곤한 놈들, 사람들 말이 잘 이해되지 않는 놈들, 태어나자
마자 뭔가 단단히 잘못되었다는 걸 알게 된 놈들,
모두 모여라
우리는 사해동포지, 코스모폴리탄이지
(이런 말 하니 눈물이 좀 나려고 하네)
그렇지, 그렇지, 우리의 시간이야
막을 올리고, 노래를 불러, 악을 써
걸리적거리는 옷 벗어제끼고
랩으로 시작하자
메인 보컬은 눈동자 큰 소녀 로봇
무궁화꽃이 피었습니다, 무궁화꽃이 피었습니다.

잠깐잠깐 경건하게 멈추었다 가자고, 가짜 유희를 골라
내야 하니
유희만이 우리의 유일한 삶의 방식
노래로 부셔, 교묘하게 조립된 세상
아예 골병이 들게 만들어, 보내 버리자고
폼 잡는 놈들, 걸리적거리는 것들 두들겨 박살내

어이, 빨간 조끼 걸친 흰 토끼 가면
트럼펫 멜로디 뽑아, 계속 끌어올려
흘러넘치는 술잔 계속 돌리고
입술 새빨간 조커 납셨네, 오늘도 세상 망하게 할 음모
꾸미나?
곰 가면, 아니 실제 곰인가?
드럼 좀 더 빨리 두드려
숨쉬는 순간의 틈이 있으면
날파리 같은 세상의 찌꺼기들 날아드니
모여서 진물 흐르는 상처를 파고드니
두드려,
마시고 날뛰어,
어깨동무하고 코샤크 댄스

동작 틀리는 놈 창문으로 집어던지고
조명탄으로 사이키 조명
장단 맞추는 산탄총 발사
자지러지는 웃음 좋아, 숨 넘어가는 비명 더 좋아
내일이 있다고?
내일이 온다고?
연설 좀 그만, 하드락으로 그냥 때려 부셔
뭔가 설명하려는 놈 대갈통 갈겨
리듬 타며 끝까지 가자고
진짜 싫어, 해 뜨면 다시 시작되는 그 놈의 가짜 유토피아
평화로운 풍경 맞추어 걷느라 현기증이 난다고
새벽빛 창에 비치기 전에
햇빛 만난 뱀파이어처럼 스러지기 전에
기운을 짜내자고, 날뛰어 보자고
모든 기운이 빠져
동공이 풀리고, 바닥에 쓰러지면,
장엄한 라퀴엠 한 곡 맥스로 들려 줘
그냥 잠들 거야
깨어나지 않을 거야

웨스 앤더슨 왕국*

나침반과 도끼와 LP판과 쌍안경
눈이 동그란 고양이 한 마리도 함께
어른을 싫어하는 소녀와 집을 떠난다.
달빛이 내리는 숲속을 향해
우리만의 왕국을 건설하러

말은 별로 필요하지 않다.
LP판 음악에 귀를 기울이고
나침반으로 갈 길을 가늠하며
쌍안경으로 전방을 살핀다.
해변으로 폭풍우가 몰려오지만
우리의 세계는 언제나 둥글고 완벽하다.

눈의 나라는 한창 전쟁 중
애인과 함께, 좋아하는 사람을 구하기 위해
기차를 타고, 개썰매를 타고, 스키를 타고 달린다,
도착하고 보면 혁명의 열기가 가득한 파리.
쫓아오는 경찰의 눈을 피해

시위대 사이를 뚫고 나가면
행성이 떨어진 사막에 가 닿고
스탠드 옷걸이 모양 외계인이 인사를 건넨다.

그렇게 넓었는데 이제 좁아진 운동장
그렇게 길었는데 이제 짧아진 골목길
이 왕국에서 듣는다.
다시 나타난 운동장과 골목길이 꿈틀거리며
멀리멀리 넓어지고 뻗어 가는 소리

흑백의 연극 무대 안에서
파스텔톤 빛깔의 세상을 꿈꾼다.
잠들지 않으면 깨어날 수 없으니
기꺼이 수면의 바다로 헤엄쳐 간다.
눈더미에 파묻힌 쇠락한 호텔에서
이야기의 끝을 만나게 된다 할지라도
이 순간은 잡은 손을 놓지 않는다, 앞으로 나아간다.
숲과 도시와 사막에 만든 우리들의 왕국

* 이 시는 웨스 앤더슨 감독의 영화 〈달빛 왕국〉, 〈그랜드부다페스트 호텔〉, 〈프렌치 디스패치〉, 〈애스터로이드 시티〉의 내용을 활용하였습니다.

Perfect days[*]

창문 밖 소나무 가지 아침 내내 거세게 흔들리더니
날이 어두워지고 봄비가 쏟아진다.
채 피지 못하고 떨어진 벚꽃 잎들 땅바닥에 쓸려가고
음울한 표정의 세상은 나를 귀찮아하는 눈치
관악산 등반을 포기한다.
새침해지는 등산화의 표정이 뒷통수를 따라온다.

시무룩한 녹색의 창밖
무슨 일 있을까 한참 바라보지만 아무 일 없고
젖은 가지 아래 고개짓하는 까치 한 마리 눈으로 좇다가
문득 새삼스럽게 다가오는 정적
자꾸 몸에 달라붙는 정적을 떨쳐내려
별로 내키지 않는 기분으로 청소기를 돌리는데
먼지 쌓인 한 주는 흡입이 되지 않고
고만고만한 작은 알갱이로 마음 안에 부서지고
(정성을 다해 공중화장실을 청소하면 무언가 깨끗해지
는 기분이 될까?)

흩어지기만 하는 일상의 풍경 어쩔 수 없으니
낮잠이나 자 볼까.
아무래도 생경한 낮잠
돌아눕는 눈에 보이는
거실 벽에 걸린 가시나무 풍경화
내 안에 항상 너무나 많은 나
그대의 쉴 곳을 생각하면서
손에 닿는 대로 잡아 보는 지나간 시집 한 권
아버지 간병에 지쳐 창밖을 바라보는 여자,
공동묘지 앞에서 시체들에게 면구함을 느끼는 남자,
구차한 삶들이 이십 년 된 소파 위에서 더욱 구차해지고

빗줄기 여전히 창문을 두들기는데
여기저기 얼룩이 있는 어두운 천정 위로
한 남자가 자전거를 타고 간다.
작은 차를 몰고 가며 오디오를 켠다.
카세트 테이프로 지나간 팝송을 듣는다.
이부자리에 누워 문고판 책에 고개를 박는다.
삼백 원짜리 삼중당 문고의 갈색 표지가 보인다.
등나무꽃 만개한 벤치에 앉아 누군가를 기다린다.

기다리는 사람은 나타나지 않는다. 벤치에 누워 잠이 든다.
하늘이 어두워지고 빗방울이 떨어진다.
자전거에 올라탄 남자의 뒷모습이 멀어진다.
엔딩 크레딧이 올라간다.

죽은 지 일주일만에 발견되었다는 독거노인의 시체
그 옆에 보이는 무수한 약봉지
머리맡의 낡은 피처폰과 기름때 쩐 베개
오래전에 얼굴을 보았다는 이웃의 증언
무수한 동그라미를 그리는 빗방울이 노인의 얼굴을 덮고
고요하게 저무는 하루
스쳐 지나간 그 수많은 날들처럼
완벽하게 지워질 오늘 또 하루
perfect days

* 이 시는 영화 〈Perfect days〉의 내용을 일부 활용하였습니다.

골목길

멋진 구도는 아예 잡히지 않는다. 아무리 벗어나려 해도 자꾸 발이 미끄러져 들어간다. 처마 낮은 함석 지붕, 슬레이트 지붕들이 끊어졌다 이어지고 끊어졌다 이어지면서 열을 짓고 있고, 커다란 가위 그려지고 19금 낙서 휘갈겨진 거무튀튀한 시멘트 담벼락에는 말라붙은 오줌때 자국이 늘 선명하다. 실타래처럼 꼬인 좁은 길은 흩어졌다 모이고 모였다 흩어지면서 어설프게 발을 디민 사람들이 빠져나가기 힘든 미로가 된다. 나른한 햇살 고여 있는 어느 구석에서 아랫도리 벌거벗은 채 뒤뚱거리는 걸음마 아이와 런닝셔츠에 무릎까지 닿는 파자마를 입은 배 나온 남자가 나타난다. 넓은 도로에 나타나지 않던 사람들, 앉은뱅이, 곱추, 귀머거리, 벙어리 여기저기서 불쑥불쑥 출몰하고, 굶주린 개 한 마리 그 사이를 어슬렁거린다. 작부 일을 은퇴한 게 분명해 보이는 흐린 눈동자의 노파가 때묻은 발이 늘어진 작은 문 앞 부서진 나무의자에 앉아 불평인지 깨달음인지 무슨 말인가를 끝없이 중얼거리고 있다. 잇몸밖에 남지 않은 머리 허연 늙은이가 담 위로 고개를 내밀고 지나치는 사람들을 손가락으로 가리키며 ㅊ, ㅋ, ㅍ 부서지는 발음으로 욕인지 저주인지를 퍼붓는다. 그러고 나면 사위가 적막해진다. 정적 사이로 냄새가 다가온다. 말라붙은 오줌, 땀에 찌든 속

옷, 죽음을 앞둔 노인에게서 나는 무언가 부패하는 달짝지
근한 냄새, 약간 상한 생선 비린내가 뒤섞여 하늘로 올라가
지 못한 채 얕은 허공을 감돈다. 냄새에 가려진 해는 바깥
세상보다 빨리 자취를 감춘다. 습기를 머금은 어둠이 내리
고, 어둠과 함께 햇빛 아래 드러나지 않고 있던 소리들이 고
개를 내민다. 낡은 라디오에서 흘러나오는 청승맞은 유행
가 가락, 야무지게 그릇 깨지는 소리, 어떤 여자의 바락바
락 악쓰는 소리, 몇 끼니 동안 손길이 닿지 않아 굶주림에
지친 아이의 경기에 가까운 울음소리가 여기저기 삐딱하게
서 있는 찌그러진 양철대문들 안쪽에서 흘러나온다. 땡볕
아래 일터에서 시달리다 돌아온 넋들은 그 울음소리를 자
장가 삼아 마약환자와 같은 혼곤한 수면에 빠져 들어가고,
깨어날 줄 모른 채 미라처럼 누워 있다. 갈 길을 잃은 온갖
냄새와 넋두리가 그대로 땅바닥에 고여 질척한 진창이 된
다. 지나가는 발걸음들이 진창에 발목을 잡혀 주춤거린다.
항상 같은 낮이 지나가고 항상 같은 밤이 지나가고 항상 같
은 새벽이 온다. 악쓰는 소리 들리던 어느 구석에서 눈두덩
에 얻어맞은 자국 선명한 젊은 여자 하나가 귀퉁이 찌그러
진 양철 대문을 아주 조심스럽게 열고 나와 주변을 이리저
리 살피다 다시 문안으로 사라지는 것이 아침의 시작이다.

며칠 동안 잠을 이루지 못한 것 같은 부시시한 머리의 청년 하나가 작은 창문을 열고 붉게 충혈된 눈으로 밖을 내다보다가 체념한 표정으로 창문을 닫고 사라지는 것이 그 다음 풍경이다. 다시 적막이 내려앉는다. 헤어나지 못하고 서성이는 발자국들이 무수한 입자가 되어 떠도는, 넓으면서 좁고 좁으면서 무한히 넓은 이 원반형, 혹은 네모난 우주는 한 무리의 영혼들에게 어떻게 해도 지워지지 않는 주홍글씨로 새겨지고, 낮과 밤을 가로질러, 꿈과 생시를 가로질러 수시로 출몰한다.

눈표범

너를 바라본다.
침흘리는 하이에나, 들개떼의 부르짖음이 싫어서
어느 고요한 밤, 가장 높은 나무 꼭대기까지 올라간 표
범 한 마리
노오란 보름달을 움켜잡으려 하늘로 뛰어오르고
눈보라 몰아치는 계곡에 떨어진다.
새하얀 눈발이 뭉쳐져 그의 털이 되고
산 위의 수천년 빛나는 별빛들은 그의 눈으로 들어간다.

짐승들의 비명이 들리는 강남역 사거리
노오란 보름달은 보이지 않고
뛰어오른 나의 몸은
취객들 발걸음 어지러운 교보문고 뒷골목에 떨어진다.
나는 강남대로를 메운 인파에 맥없이 밀려가고,
너는 흰 설원에 발자국을 남기며 걷는다, 서두르지 않
는다.
나는 에스컬레이터에 실려 지하로 빨려 들어가고
너는 깎아지른 암갈색 절벽 끝에 서서
세찬 바람에 백회색 털을 휘날리며
계곡 사이를 맴도는 독수리들을 내려다본다.

나는 전철 창문을 지나가는 광고판들의 아우성을 듣고
너는 바람에 펄럭거리는 룽따의 외침을 듣는다.
총총히 빛나는 하늘의 별들을 헤아리다
얼어붙은 바위 틈에서 잠이 든다.

너를 부르고, 너를 만나러 간다, 자주, 깊은 밤에
에메랄드빛 눈으로 백회색 털을 나부끼며
어둠을 헤치고 너는 하늘 저쪽에서 달려온다.
우리는 도시의 밤하늘을 가로질러
설산의 바람을 맞으며 별빛 가득한 하늘을 향해 날아간
다.
아무런 말을 하지 않는다. 우리는

고양이가 나아

공부에 관심을 가지지 않고 만화책과 강아지만 좋아하는 그녀를 그녀의 아버지는 항상 못마땅해 했다.

공부는 별 재미가 없었다. 혼자 있는 시간에 그녀는 노트에 낙서를 하거나 남들이 알아보지 못하는 그림을 그리거나 무슨 주문 비슷한 묘한 말을 중얼거리는 습관이 있었다.

담임 선생님은 그녀에게 시인이 될 가능성이 있다고 말했다.

만화책을 비롯한 여러 책을 읽는 동안 그녀는 자신의 어떤 능력, 책 안의 내용들이 내면에서 자라나 이파리 무성한 나무가 되고, 뛰거나 날아다니는 동물이 되고, 새로운 집과 마을이 된다는 걸 알아차렸다.

햇살에 반짝이는 나뭇잎들, 너울거리는 나비와 잠자리의 날개, 학교 새장에서 자신을 바라보는 부엉이의 눈을 그녀는 유심히 쳐다보곤 했는데,

가스통 바슐라르의 책을 읽고 늘어지게 기지개를 켠 어느 날 몸이 아주 유연해지며 학교 담장 위로 단숨에 뛰어오르는 경험을 했고,

자신의 몸이 검정 고양이 한 마리로 변했음을 알았다.

여왕벌 여중을 휩쓸던 카드캡터 소녀단은, 정의를 파괴하는 악당은 아니었지만 수시로 고양이로 변신하여 여기

저기 출몰하는 그녀를 눈엣가시로 여겨 온갖 방법으로 괴롭히려 애썼다.

소녀단과 다투다 날렵하게 사라지는 경우가 많았기 때문에 그녀와 카드캡터 소녀단은 달빛이 환한 어느 가을날 밤 여왕벌 여중 역사에 길이 남을 대결투를 벌였다.

결투는 굉장했다. 이마와 배에 몇 장의 카드를 맞긴 했지만 그녀는 소녀단 멤버 세 명 모두의 얼굴에 아주 선명한, 빨간 발톱 자국을 남겼다. 그리고 학교에서 자취를 감추었다. 어쩌면 서로의 얼굴에 남긴 상처는 그녀들의 가장 강렬한 우정의 표식일 수도 있었다.

맞수가 사라지자 소녀단의 학교 생활은 이내 무료해졌고, 선망, 경멸, 질투 등의 감정이 뒤섞인, 사라진 그녀에 관한 긴 뒷담화로 학창 시절을 보냈다.

졸업 후 카드캡터 소녀단은 대부분의 소녀단이 그렇듯 걸그룹으로 변신했다. 카드날리기 댄스는 대성공을 거두었다. 세계 각국 가요 차트 상단을 휩쓸었고 지구촌 팬덤이 형성되었으며 팬들의 요구로 이른 시기에 글로벌 투어에 올랐다.

성황리에 글로벌 투어를 마치고 투어 전체를 마무리하는 대운동장에서의 마지막 공연, 아무도 예상하지 못한 특별

게스트가 등장했다. 써치라이트를 받으며 나타난 건 얼굴에 긁힌 자국이 있는 귀여운 검은 고양이 한 마리였다. 특별히 제작된 타워에 고양이가 느릿느릿 올라가는 동안 소녀들은 형광봉을 흔들며 비명을 질렀다. 운동장 가득 모인 사람들을 내려다보며 고양이가 앞발을 쭉 내밀었다. 물을 끼얹은 듯 주위가 고요해졌다. 순간 노래 하나가 고양이 목에 걸린 마이크를 통해 운동장 구석구석 울려퍼졌다. AI가 사람의 언어로 노래를 번역했다.

도약하는 마음으로 바라보는 하늘
우아한 걸음걸이로 다니며 멀리서 세상을 그냥 바라봐
기쁨과 슬픔이 차츰 멀어져 가지
나비를 쫓는 꿈을 꾸어 봐
낯선 길에 들어서도 괜찮아
나무 사이를 달려, 힘차게 뛰어올라 참새를 잡아
반짝이는 많은 것들이 항상 우리를 기다리지
몸에 달린 무거운 추들은 그냥 털어 버려

여운의 꼬리가 긴 노래는 아우성치던 소녀들의 가슴에 뭔지 정확히 알 수 없는 먹먹함을 안겼다. 노래를 마치고 고양

이는 앞발을 흔들며 우아한 걸음으로 무대에서 서서히 퇴장
했다. 광활한 침묵의 시선이 그 뒤를 따랐다.

　숙연한 고요함이 서늘한 밤공기와 함께 운동장에 내려
앉았다. 고양이 눈같은 노란 달이 하늘에 빛나고 있었다.

마크 로스코*

분식의 행렬,
눈에 띄는 모든 것이 가짜이다.
호수의 중심을 향해 던지는 돌,
파문이 일고 난 후 자취가 없다.
형상들이 잠시 걸치고 있는 외양과 빛,
끊임없이 무너지고 사라져 손에 잡히지 않는다.
맥박이 뛰지 않고, 심장 고동이 들리지 않는다.

어설프고 희부연 이 미소들 너머
진짜 살아 있는 것은 어디에 있나.
헤매고 헤매다
늘 다시 돌아오는 네모난 틀 앞,
어지러운 세상의 말, 표정, 웃음소리
천천히 녹아 들어가
숨을 죽인다.

일어설 수 없어서
바닥으로 가라앉는,

내면의 허약함으로 스러져
사각의 틀 안에 잠겨 있는 형상들

보이는 자에게는 보인다
들리는 자에게는 들린다
진짜 얼굴을 가지고 싶어 하는,
잠겨 있는 형상들의 몸부림
녹아 버린 몸에서 흘러나오는 비명과 목소리

＊ 러시아 출신 미국 화가. 추상 표현주의의 대표적 예술가.

제2부　불국사 데이트 사진

불국사 데이트 사진

전쟁의 상처가 아직 아물지 않은 때이지만
그래도 봄은 봄이다.
배경에 자리잡은 봄꽃들 하얗게 반짝거리고
조금 멋쩍어하는 두 사람 미소에서도 봄기운이 묻어난다.
상큼한 커플티나 서로 껴안는 포즈는 없지만
그래도 숨길 수 없는 연인들의 분위기
멀리서 바라보고 있는 사진사가
어떻게든 좀 사이를 좁히라고 손짓했음이 분명한데
중절모에 약간 큰 양복을 입은 남자와
꽃양산을 받쳐 든 한복 차림 여자 사이
어색한 약간의 틈,
두 마음에서 뻗어 나온 애틋한 관심이 그 사이에 몽글거
린다.
가지런히 뻗은 청운교, 백운교에서 맞추어 햇살이 내려
온다.

개마고원 중심에 있는 풍산군에서 태어났다는 아버지
아침에 일어나면
겹겹이 둘러쳐진 산들이 안개 속에 항상 보였다던가.
말 타고 신작로를 지나다니던 일제 순사가

어깨에 완장을 찬 적위대원으로 바뀌고
개리슨모 눌러 쓴 로서아 병사들과 함께 대문을 두드리면서
반동으로 내몰린 가족들이 야밤에 38선을 넘었다고 했다.
낯선 남쪽 땅에서 맞이한 내전
달구지 끌고 봇짐 이고 가는 피난 행렬과
열차 꼭대기에 올라탄 꾀죄죄한 차림의 군중에 뒤섞여
폐허가 된 도시 뒷골목을 헤매고 다녔을 텐데
어쩌다 불국사 앞마당까지 가게 되었는지
꽤 폼나 보이는 중절모와 양복은 또 어디서 난 것인지
알 길이 없다.
그림 세계에는 또 어떻게 하다 들어가게 되었을까
그 시절에도 그림 그리는 사람이 필요했을까
무슨 사연이 있었겠지만, 들은 적이 없다.

일제 강점기에 중학까지 마쳤다는 전라도 지주의 맏딸
야밤에 급습한 빨치산을 피해 숨어 있던 헛간에서
마당에 끌려나온 아버지가 피투성이 되는 모습을 보고
동생들과 함께 광주로 피신을 했다던데
쓰러진 아버지의 생생한 기억을 되새기며

자수 학원을 다녔다던 처녀가
어떤 인연으로 그림 그리는 사람을 알게 되었는지
어떻게 불국사 앞마당까지 가게 되었는지
알 길이 없다.
손톱을 직접 깎아 주며 맏딸을 귀애했던 아버지를 잃은
상심,
어수선한 전쟁통에 자라난 허무주의가
그림 그리는 사람을 무슨 새로운 구원자로 보이게 했을까

끊임없이 길게 이어질 달동네에서의 잠 못 이루는 밤
한숨 쉬며 뒤척일 그 많은 순간들을
미리 알았다면
못이기는 척 슬그머니 돌아서거나
가까이 가지 못해 안달이 나 보이는
저 하얀 손들을 서로 거둬들였을까.
큰아들은 평생을 외국으로 떠돌고
작은아들은 별볼일 없는 선생이 되어
그가 늘그막에 쓰는 시 한 구절에
사진기 렌즈를 응시하는 지금 이 순간이 등장하게 되는
것을

알고 있었을까

무언가 짐작하는 눈치인 것 같기도 하지만

중절모 그늘에 반쯤 가려진 아버지 얼굴은 좀 의기양양
해 보이고

꽃양산 아래 엄마는 다소곳한 자세로 마냥 수줍은 미소
를 짓고 있다.

따뜻한 봄날이다.

흑백의 사진인데도

하얀 구름을 피워 올리는 하늘의 푸른 기운이 배어난다.

소나기

가로수 얼굴 흐릿해지고
키 작은 가게들 표정이 어두워지고
급하게 뛰어가는 하얀 교복 둘
편의점 유리문 안으로 사라지고
키 큰 남자 하나
건물 처마 밑으로 성큼성큼 들어가
맹렬히 달리는 오토바이
긴 꼬리를 남기며 멀어지는 것을 바라보고

무수히 많은 선 내려꽂히며
서서히 사라지는 거리
무언가 씻겨 나가고
무언가 흘러가 사라지고
지우지 못한 미련 떠나보내며
가로수도, 가게도, 남자도 잠시 침묵하며 동의하는
모두 공평한 상실, 공정한 우울
어쩌면 가장 큰 위로

잘다랗게 부서지는 동그라미 바라보고 있으면
웃음과 소란이 넘치는 밝은 세상은

어째 좀 가짜 같은 느낌,
자꾸 눈이 감긴다. 진짜 세상으로 가고 있나.

깔깔대는 원색의 풍경이 너무 시끄러워
마구 선을 긋고 싶은 마음들이 모여
한꺼번에 낙하하는 순간,
손에서 놓고 떠나 보내는 만큼 살아갈 힘이 만들어지는,
이 희귀한 마음의 하울링

종이접기

규격이 있어 좋았을 것이다.
반듯한 각이 있어 좋았을 것이다.
주름진 손가락이 극복하는 무위(無爲),
평면에서 솟아나는 형상과 생명들이 좋았을 것이다.

규격과 각이 없는 허허벌판의 삶,
제대로 한 번 서 보지도 못하고
엎어지고 구부러지기만 하는 남자,
어디에서 자빠질지 모르는 철없는 아이 둘,
아무것도 만들어내지 못한 세월 속에서
새롭게 만들어지는 무언가가 신기했을 것이다.

학을 접으며 평생 처음 마음껏 한번 날아 보았을지
꽃을 접으며 어린 날 장독대 옆에 늘어섰던 채송화를 떠
올렸을지
별을 접으며 외동딸을 유난히 예뻐했다는 아버지 눈빛
을 떠올렸을지
작은 성경상 위에 차곡차곡 쌓이고 접힌 세월

이제는 빈 방

온갖 잡동사니 들어찬 한 구석
귀퉁이 헤진 성경책과 돋보기 안경 옆에
덩그러니 놓인 나무함과 색종이 묶음.
하던 청소를 멈추고, 오후의 햇볕을 받고 앉아
먼지 뒤집어쓰고 있는 엄마의 이야기를 듣는다.

유치원 앞 은행나무

서늘한 가을바람에 이끌려 집을 나선다.

빨강, 주황, 불타는 나무들 사이를 따라가다

하늘 가득 노란 우산을 펼친 커다란 은행나무 앞에 닿는다.

노란 꿈의 조각들이 흑갈색 나무 벤치에 줄줄이 내려앉아 있다.

코끼리반, 기린반, 공작반, 꽃사슴반

동물 얼굴 커다랗게 그려진 유치원 유리문 갑자기 열리고

노란 가방을 멘 꼬마들 끝없이 쏟아져 나와

기다리던 엄마, 할머니 손잡고 노란 잎 날리는 거리로 사라진다.

달그닥거리는 가방들과 노란 이파리의 화음,

거리를 메우는 화음에 모두들 잠시 입을 다문다.

은행잎 같은 아이들 얼굴을 보며

동화 속 얼굴 시커먼 괴물이 된 느낌

괴물 안에 도사린 불길한 욕심,

끝도 없이 늘어놓는 불만과 불평,

어지럽게 뒤섞이던 간밤의 사념과 꿈,

누군가 혹시 보고 있을 것 같아

노란 잎이 호수를 이룬 땅바닥으로 고개를 떨군다.
기어이 남아 있는 숨겨야 할 흉터가 있을까
손을 오그려 쥐어 손바닥을 감춘다.

멀어져가는 아이들 멍하니 바라보다
노트 표지에 떨어진 은행잎 하나를 털고
노트를 펼치고
길게 이어지는 여백을 쳐다보고 있는데
굳게 입을 다문 여백의 눈초리가 싸늘하다.
며칠째 기적조차 없는 시
한없이 구차해지는 못생긴 말들을
손은 피하고 싶었을까.

눈 맑은 아이 하나를 오래오래 기다리고 있다가
작은 손을 꼭 붙들어 쥐고
등에 멘 가방을 달그락거리면서
은행잎 날리는 거리를 걸어가고 싶다.
끼니를 못 잇는 궁박한 시어들일랑
벤치에 그냥 남겨 두고.
엉거주춤 벤치에서 일어서는데

반짝반짝 빛나는 은행나무에서 날아온

고사리손 같은 노란 이파리 하나

내 어깨를 툭 치더니 앞길로 먼저 달려간다.

봄날은 간다

그 해, 골목길 담벼락에 덩굴장미들은 유난히 붉게 피어 났고 주인 아저씨의 방세 독촉에 시달리고 나면 엄마는 내 손을 잡고 아지랑이 피어나는 둑방길을 말없이 걸었다. 나물 캐는 엄마 옆에서 나비를 쫓던 내가 자빠지면 엄마는 둑방 언덕에 나를 앉혀 놓고 나지막하게 노랫가락을 읊조렸다. 객지로 나간 아버지에게서는 아무 소식이 없었다. '새가 날면 따라 웃고 새가 울면 따라 울던' 소절에서 엄마는 항상 아직 바닥도 채우지 못한 바구니를 만지작거렸다. 끝없이 뻗어 있는 둑방길 끄트머리 수평선에서부터 흘러온 푸르스름한 개천에는 하얀 빨래를 너는 아줌마들과 여기저기 뛰어다니는 조약돌만 한 아이들이 보였다. 빨래 삶는 연기 사라지는 하늘을 바라보고 있노라면 어디선가 아카시아꽃 향기 잔잔한 물결처럼 풍겨와 엄마의 가느다랗게 떨리는 곡조와 함께 뒤엉켰다. 이유를 알기 힘든 현기증 속에 냉이 줄기를 움켜 쥐고 뽑으면 쌀값, 연탄, 방세, 외상값 같은 단어들이 함께 뽑혀 올라와 어지럽게 춤을 추었다. 한없이 팔랑거리는 배추흰나비의 날개를 눈으로 쫓다 보면 아주 먼 곳에서 먹구름이 서서히 다가오는 것도 보였다.

옷걸이

축 늘어진 어깨를 보면
허망하게 사라진 여러 얼굴들이 떠오른다.
휑하게 뚫린 가슴으로 바람이 지나간다.
너울대는 세상의 물결 위에서
흔들리다 흔들리다 형해화된 몸뚱아리

가쁜 숨을 내쉬며 힘들게 버팅기다
폼나는 옷 한 벌 걸치지 못하고
박수받는 무대에 우뚝 한번 서 보지 못하고
마침내 앙상한 골격으로 남은 생애

그래도 가슴을 저미는 어떤 일들,
울고 웃고 한숨 쉬고 사랑하던 순간들은 있었으니
물음표를 닮은 조그마한 얼굴은
그래도 괜찮지 않았어?
남겨진 자들에게 던지는 확인의 부호 같다.

날마다 걸치고 있던 애증의 사연들 다 삭이고
텅 빈 벽, 혹은 빨랫줄에 매달려
바람이 불 때마다 허수아비처럼 흔들리고 있지만

그래도 끝내 버티고 남은 뼈는 이렇게 단단하니
어떤 누추한 삶도 몇 개의 분명한 기억으로는 살아 있다.

슬로우 모션

뾰족한 첨탑에 대리석 기둥 번쩍이는 노아의 방주 교회
예배 마친 교인들 우르르 쏟아져 나오고
길가에 서 있던 승합차 승용차 분주히 떠나고 난 후
햇살 나른해진 붉은 벽돌 담장 길
폐지 줍는 할머니 고물 리어카가 지나간다.

담장 위의 까치 한 마리 폴짝폴짝 뛰며 쳐다보고
보랏빛 라일락 꽃가지 멀쑥하게 내려다보는데
때묻은 올 늘어진 겨울 털모자에 붉은 면장갑 끼고
시무룩한 표정의 갈색 종이박스 몇 장,
삐죽삐죽 엉성한 잡지 묶음,
멍청해 보이는 스티로폼 박스 두 개 태우고
나뭇잎 끌고 가는 일개미처럼
이쪽저쪽 흔들리는 핸들에 휘청거리며

스티로폼 박스에 가려진 귀덮이 회색 털모자는
뒤에서 보면 보일 듯 말 듯
배달 철제함 장착한 오토바이 한 대 급하게 달려가고
자전거 바퀴 굴리며 느긋하게 지나가던 고등학생
가다 말고 힐끗 한 번 뒤돌아보고

거리 중간 편의점에서 튀어나온 팔뚝 문신 사내
가로수에 기대 담배 연기 내뿜고 있다가
갑자기 무슨 생각 났다는 듯이
길 바닥에 담배 꽁초 집어던지고 총총 사라지고

저만치
완벽한 몸매 휘트니스 센터 입간판 서 있는
가물가물 햇살 자욱한 길 모퉁이로
달팽이처럼 느릿하게, 한 땀 한 땀
설핏해지는 해를 따라 기어, 기어서
오늘 안으로는 도착하겠다는 듯이

프리지아를 보러 간다

프리지아를 보러 간다.
이슬비 촉촉하게 계속 흩뿌려
행인들 발걸음이 뜸해진 거리
우산을 받고, 타박타박
길모퉁이 꽃집까지 걸어가
물방울 흘러내리는 유리창 너머
프리지아를 바라본다.

때묻지 않은 영혼들은
모두 프리지아가 된다.
그 맑은 눈망울을 보면
마음 안의 얼룩이 지워진다.
말소리가 들린다.
아주 작은 소리,
들릴 듯 말 듯,
그렇지만 분명히 들린다.
함, 께,
하, 늘, 을

맑은 날에는, 떠들고 웃고 즐거운 날에는,

프리지아가 생각나지 않는다.
숲길에서 늘 마주치던 냥이가
로드킬을 당해 길바닥에 쓰러진 날,
피가 흘러나온 입을 닦아 주고
반쯤 뜨고 있는 눈도 감겨 주고
숲속 커다란 느티나무, 떡갈나무 아래 묻어 주고
봉분의 표식으로 넓적한 돌멩이 하나를 얹어 주고
이제 무엇을 해야 할지
어떤 생각도 떠오르지 않아
흙때묻은 나무 벤치에 혼자 앉아 있다 보면
어느 새 촉촉하게 이슬비가 내리고
온몸이 젖는 나무들을 물끄러미 바라보다가
길모퉁이 꽃집으로
프리지아를 보러 간다.

차들 항상 분주히 달려가고
사람들 바삐 지나쳐 가도
늘 그 자리에 있는 프리지아
길모퉁이 유리창 안에 말없이 서 있다.
가는 길에 꼭 이슬비가 내린다.

물방울 빛나는 유리창 너머에서
고개를 끄덕이는 프리지아
투명한 눈을 바라보고 있으면
부서졌던 마음 조각들이
부드럽게 아문다, 가라앉는다.

봉화 할머니

할머니, 스무살에 산골짜기로 시집와
시부모, 시숙, 남편과 호롱불 깜박이는 초가집에 살다가
병약한 남편 약 한 첩 제대로 못 써 보고 마흔에 죽고
60년 나물 팔아 아이 셋을 키웠다

십리길 승부역 나물 지고 가는 길
하염없이 흘러나오는 나지막한 가락따라
산비탈의 찔레꽃은 피었다 지고
설움처럼 투명한 계곡물도 함께 흘렀다

나물 먹고 큰 아이들 셋 도시로 가고
아무도 없는 집 홀로 지키며
여든셋 할머니 오늘도 마당에 나물을 말리고
주말이면 나물보따리 이고 길을 나선다

떠나간 얼굴들 가물대는 길에서
때로 소나기 맞고 때로 쌓인 눈 헤치며
걷고 또 걷다가
어느 날엔가 할머니 이 길섶의 엉겅퀴로 피어나고
봉화 밤하늘에 반짝이는 별이 되겠다

해방촌

오래전 이 동네 입구에 옹기전이 있었고
크고 작은 옹기들이 담벼락 아래 몸을 말리고 있었다.
옹기들 머리 위로 미군부대 철조망이 햇살에 반짝거렸다.
해방마을 입구에 줄지어 서 있지만
해방되지 않은 어두운 안색의 옹기들
John's barbershop, Kim's tailor 지나칠 때
어딘가에서 나타난 입술 두꺼운 흑인만이
Hey, monkey guy, ass hole,
해방된 나라의 인류처럼 건들거렸다.

연탄재 뒹구는 좁고 지저분한 골목길로
해방이 무엇일까 생각하며 걷다 보면
흙때 내려앉은 시멘트 담장과 연립주택의 미로가 이어
지고
하마 비슷한 덩치 큰 흑인
전봇대처럼 멀쑥한 안경잽이 백인
반짝거리는 드레스에 새빨간 루즈 칠한 작부
시골에서 막 상경한 듯한 보따리 끌어안은 할머니
여기저기서 튀어나오고
옆구리에 성경을 끼고 다니는 하얗고 검은 얼굴들이

Good morning, its fine day,
얇은 종이로 만든 듯한 미소를 지으며 지나갔다.

늘 해방 동네를 오르내리지만
해방의 길이 보이지 않는 젊은 나날
삼층짜리 연립주택 옥상에 올라 내려다보면
이상하게 항상 나른한 동네의 햇살 아래
전봇대 아래 어슬렁거리는 떠돌이 개 한 마리
스토리가 알려진 해방된 나라 주민들
얼마 전에 전라도에서 올라온 미군 애인의 엄마,
동네 아무에게나 시비를 걸고 다니는 늙은 술꾼,
미군 세 명과 맞짱을 떴다는 맥주집 여사장,
이십 년째 미군 부대 잡일을 하는 노가다 박씨,
차례대로 등장하여 온몸으로 사해동포주의를 구현했는데

어느 날 철조망과 옹기가 없어지고
미군 병사, 애인 가족도 보이지 않고
Ass hole 흑인도 어디론가 떠나면서
골목길을 맴돌던 햇살과 해방의 기운도 그 뒤를 따라갔
는지

이제는 쓸쓸한 밤만이 빨리 찾아오는 언덕길

어깨 굽은 나이든 남자들만 어둠 속을 느릿느릿 움직이고

사라진 해방은 새로 만난 젊은이들과 어울리기로 하였
는지

길 건너 이태원쪽 불빛만 날마다 현란하다.

건네지 못한 말

건네지 못한 말이 있다.
끝내 하지 못했던
혼자 삼켜야 했던
어떤 때는
숨어 있는 작은 티눈 하나가 가장 아프다.
신발 안의 까끌한 모래 한 알처럼
제일 오래 밟힌다.

어떻게 알았어?
마법사가 꿈에 알려 주었지
외갓집 담벼락에 숨긴 동전 몇 개
질문을 하던 사촌누이는
몇해 전 백혈병으로 세상을 떠났고
눈빛이 꺼져 가는 침상에서
동전을 숨긴 사실을 끝내 말하지 못했다.
눈을 동그랗게 뜨던 여덟 살 소녀,
시치미를 떼던 열두 살 소년은 간 곳이 없다.

밤낮없이 인파들이 밀려가는
남성 사계시장 흑염소탕, 붕어탕, 용봉탕 전문점

미지근한 물이 담긴 플라스틱 통에서
지나가는 사람을 보며 첨벙거리는 자라에게
혼자서 되새긴 말 몇 마디
수면 위로 고개를 내민 자라가
무슨 말을 들었다는 듯 고개를 끄덕인다.
밝히지 못한다. 마음에 깊게 새긴 서너 마디

우리는 그렇게 갈라진다.
밝힐 수 없었던 비밀
혼자 곱씹으며 드러내지 못한 말들이
맑은 시냇물 아래 자갈들처럼
마음 밑바닥에서 흔들린다
내가 그랬어
내가 미안해
네 잘못이 아니야
기억할게
잊지 않을게
우리 다시 만나

그렇게 지나쳐 왔다.

다리를 절며 다가오던 산책로의 삼색 고양이

　시멘트 벽에 붙어 피를 토하듯 울던 조그마한 매미 한 마리

　고속 터미널 계단에 시든 야채를 펼쳐 놓고 있는 허리 휘어진 할머니

　혼자 고개를 내밀고 고속도로를 바라보는 구절초 한 송이

　어떤 말들은

　끝내 할 수가 없고,

　아무도 듣지 못했지만

　사라지지 않고 어딘가에 살아

　변함없이 푸르고,

　키 큰 가로수처럼 걸어가는 길목에 서 있다.

베란다 풍경

고속도로 방음벽 담쟁이덩굴의 텔레파시일까.
상추를 키우는 베란다 대형 화분 한 켠
조그마한 풍선초 싹 하나가 고개를 내밀더니
잭의 콩나무처럼 덩굴이 유리창을 타고 올라가
커튼봉을 붙들고 천정까지 뻗었다.

그 옆 동백나무 화분에서
몇 년 만에 거짓말처럼 나타난 꽃봉오리가
연한 핑크색 입술을 내밀고 삐죽거린다.
화분 아래 깔개에서는 우리 냥이가 졸고 있다.
새를 쫓는 꿈을 꾸는 걸까, 가끔씩 귀가 달싹거린다.

빨래건조대 사이로 틈틈이 보이는 아파트 뒷마당,
채 떨구지 못한 황갈색 잎을 달고 있는 나무들이
떠나가는 가을을 조용히 배웅하고
마른 나뭇가지에 홀로 앉은 후투티 한 마리
무엇이 이상한지 고개를 연신 갸웃거린다.

동백나무 옆 작은 유리탁자
직사각형으로 갈라지는 햇살을 받고 있는

주먹만 한 이상해씨 화분과

읽다가 만 루이스 셰플베다.

이상해씨가 이상해풀이 되는 꿈,

도약하는 연녹색 덩굴들이 꿈꾸는 정글의 하늘,

들을 떠올리는지

이상해씨는 슬쩍 눈을 꿈벅거리고

펼쳐진 책은 나풀나풀 페이지가 넘어간다.

스무 살

불빛이 반짝이기 시작하는 교보빌딩 뒷골목
가부끼 배우같이 얼굴을 칠하고 짧은 치마를 입은 여자
아이 하나
긴 생머리가 얼굴을 가리고 있는 청바지 여자아이 하나
벽에 기대선 검은 후드티 남자아이 하나
알바하던 와중에 잠깐 틈을 냈을까,
빨간 유니폼 티셔츠 차림의 남자아이 하나
아직은 여리기만 한 가느다란 손가락들에 끼워져 있는
담배 개피
넷이 내뿜는 담배연기가 연달아 허공으로 퍼져 가고
튕겨 날린 꽁초가 반딧불마냥 반짝이며 날아간다.
견디기 힘든 일이 있었을까, 청바지가 시멘트 바닥에 천
천히 주저앉는다.
쭈그린 무릎 사이로 머리카락 찰랑거리는 고개를 처박
는다.
에이 씨발 꼰대 새끼
청바지 어깨에 손을 얹고 있던 가부끼 배우의 입에서 욕
이 터진다.
씨발, 좆같은 새끼들
검은 후드티가 침을 내뱉는다.

누구를 향해 내뱉는 침인지

느낌표처럼 바닥에 고이는 침 덩어리

흐린 침 덩어리를 쳐다보며 잠시 말이 끊어진다.

화살같은 저주가 지나간 다음, 서늘하게 커지는 골목의 고요

고요함을 휩쓸어 갈 태세로

크고 작은 전광판들, 빌딩 머리에서 번쩍거리기 시작하고

무슨 일이 그렇게 바쁜 것인지

휘황하게 불을 밝히고 끝없이 달려가는 차량들

하루를 마치고 파도처럼 밀려가고 밀려오는 행인들

욕을 내뱉으며 힐끔힐끔 째려보는 눈길에

작은 불꽃이 피어난다.

궁상 떠는 엄마, 아빠가 싫고

모든 걸 안다는 듯 나서는 꼰대들이 싫고

집이 싫고

세상이 싫다.

무슨 그림을 그려야 할지 알 수 없는 흰 도화지를 앞에 놓고

하루는 검은 비가 내리고 하루는 하얀 비가 내리는 세상

하루는 죽고 싶고 다음날은 간절히 살고 싶은 나날들

갈 곳이 없어 보이는,

피투성이가 되도록 치고받고 싶지만 싸울 상대가 나타나

지 않아 보이는,

그래서 오늘도 그저 마냥

나타나지 않을 무언가를 기다리고 있는

스무 살

언제나 스무 살은 이렇게 골목 어귀에 서 있다.

제3부　때로 외딴집이 필요하다

가을 오후 한강 산책

흰 물감이 스며든 풍경
호스피스 병동 환자처럼 기우는 햇빛
한여름의 열정을 잃은 초목들은 모두 철학자가 되어
각자의 명제에 따라 다른 자세를 하고 있다.

무수히 작은 기억들로 물결치는 물억새
고개를 수그리고 묵상에 잠긴 떡갈나무
무성하여 더욱 짙어지는 버드나무의 슬픔
꼭두서니 몇 잎이 노란 눈빛을 반짝이는 은행나무
여러 생각들을 쓸어담아 물고기떼 비늘같은 오후의 물
살이 흐른다.

말이 없는 나무들, 가만히 보면 눈들이 젖어 있다.
말라붙은 잔디 위로 까치 몇 마리 뒤뚱거리고
무심한 까치들 옆으로 노인 하나 고개를 수그리고 걷는다.
화나는 일이 있었을까. 가끔씩 허공에 대고 주먹질을 한다.
막이 내리기 전의 마지막 독백 같다.
공룡 같은 대교가 뻗어 있는 거대한 무대에서 모두 자기
배역에 열심이다.

분주한 한 주일은 항상 이 길 어디쯤에 와 가라앉는다.

아주 작은 배역들이 얽힌 길, 이윽고 바다로 가며 사라질 것이다.

뫼비우스의 띠처럼 얽힌 고가도로 아래를 지나면

자맥질하는 청둥오리 몇 마리 마지막 햇살을 털고 있고

난지도 쪽 어딘가에서 어둠이 서서히 밀려온다.

어둠 속으로 몸이 스며 들어간다. 곧 겨울이 올 것이다.

때로 외딴집이 필요하다

밀려가는 사람들 틈에서 숨 쉬기가 힘들 때
밀물처럼 날마다 몰려와 쌓이는
소화시킬 수 없는 느낌의 덩어리들이 몸 안에 걸려 있
는 채
그래도 아무 일이 없었던 듯 조용한 걸음으로 전철역을
향해야 하는 나날 속에
무언가가 반드시 필요하니, 어딘가가 필요하니,
어느 외진 구석에서 눈을 감고, 심호흡을 하고, 신음소리
비슷한 이상한 소리가 저절로 흘러나오고

시멘트 거리가 아닌 곳
번성의 욕망으로 타오르는 나무와 풀들도 지우고
무채색 바다가 내려다보이는 해변
오랜 해풍이 빚어 낸 작은 돌집, 고유명사인 외딴집
무심한 도마뱀 한 마리처럼 차가운 바닥에 깃들어
벽과 지붕은 뼛가루를 말린 듯한 아이보리빛
크고 작은 온갖 생각들일랑 형해화된 모래알로 깔아 두고
떠도는 펠리컨 몇 마리를 장의사로 임명하여
색채가 지닌 모든 들뜬 꿈들을 소각시켜 날려 보내고

깊이 잠든다.

시간의 얼레를 한껏 풀어 놓았으므로

새들은 하늘에 머물러 있거나

아주 천천히 난다.

찾아올 사람이 없으므로

누구도 기다릴 필요가 없다.

벽시계를 거두어들인 자리에

검은색으로 칠해진 액자들을 배열한다.

나무로 된 무거운 문에는 항상 걸쇠를 걸어 둔다.

서늘한 돌바닥에 누워 있다가

시계 소리를 듣지 않는 종교의 신자가 되어

오직 바람 소리만으로 귀를 채우는 의식을 행한다.

심장 박동을 아주 느리게 하고

깨어날 기약이 없는 동면을 준비한다.

그런 긴 잠을 위해 이 집에 와야 한다.

거리를 걷다 문득,

미세한 통증들이 발바닥에서부터 올라오기 시작할 때

옥상

가파른 층계들의 끝에서 하늘을 만난다.
뒤로 뒤로 밀려나는 수많은 문들, 복도들, 책상들
엎드려 있거나 기울어져 있거나 벽에 기댄 사람들
감동없이 손을 젓는 무표정한 시계 행렬

감추고 싶은 무언가를 덮고 있는 먼지때 얼룩진 청색 방
수포
부서져 나뒹구는 회색 벽돌 몇 장
금방 숨이 멎을 듯 덜거덕거리는 굴뚝 끝 바람개비
마지막까지 남는 삶의 풍경은 남루하다.

갑각류의 앞발같은 붉은 크레인 몇 개
레고조각같이 작게 말라붙은 시멘트 건물들
느릿느릿 이어지는 개미 떼 행렬 모양의 차량들
정적 속에 세상은 잠시 멈춰 있고,
골목마다 뒤섞이는 한숨과 비명, 악다구니는 들리지 않
는다.

옅은 광선에 실린 바람이 희미하게 지나간다.
바닐라빛 하늘을 유영하는 솔개 한 마리,

울다 울다 지치면 마침내 고요만이 남는다고
말하는 듯 말하는 듯 가물거리고

종일토록 세상을 지켜보느라 파김치가 된 해가 넘어가고
치명적인 쓰나미처럼 어스름이 밀려온다.
지상의 길들이 점차 사라지고
작은 불빛들 이별의 신호처럼 깜박거린다.
품에 안으려는 듯 청자빛 하늘이 가까이 다가온다.

스노볼

암울한 영화에도 팝콘은 필요하다.
비극의 순간을 무언가를 깨무는 힘으로 견뎌야 하니.
무너지는 결말을 향해 가는 줄 알지만
입안에 바스라지는 캐러멜 팝콘 부스러기의 리듬을 따라
가끔은 눈발 같은 환각에 몸을 맡겨야 한다.

거리의 불빛들이 유난히 밝게 반짝인다. 겨울이다.
허수아비처럼 매달린 노점의 노란 백열전구들 바람에 눈
을 껌벅거리고
세운 외투깃 속의 행인들 점점이 흩어진다.
헬리콥터처럼 날아다니는 전광판 불빛 아래
마지막 버스를 기다리는 시민들을 내다보며
유리창 안의 로봇 산타가 북을 두드린다. 옆의 사슴도 같
이 끄덕거린다.
유리볼 안의 빨간 지붕에는 눈이 쏟아진다.

그러니 잠시만, 아주 잠시만,
희미한 사과꽃 향기를, 부드러운 입맞춤의 기억을,
누군가를 애타게 기다리며 출입문을 바라보던 순간을,
활짝 웃던 누군가의 얼굴을

환각으로 맛보기로 하자, 시간을 멈추어 두고.

어디선가 아주 나직하게
귀에 익은 그 멜로디가 들려올 때
통증과 함께 시려오는 발을,
흉터처럼 번져 있는 진창으로 이어진 어두운 귀로를
잠시 잊기로 하자. 아주 잠시만 잊기로 하자.

마라톤

내 심장은 42.195km를 견딜 수 없을 것이다.

견딜 수 없는 것만이 나를 유혹한다.

누추한 집들과 거리, 고개를 숙이고 힘없이 걷는 사람들,

견디는 것이 숙명인 긴 행렬,

견딜 수 있는 모든 것은 가치가 없다.

쉬지 못하는 과정이 내 심장을 고동치게 한다.

뒤로 뒤로 밀려나는 나무들, 집들, 거리들

불현듯 나타났다 흐릿하게 사라져 가는 풍경이 마음에 든다.

두 눈 부릅뜬 세상의 시선으로부터 멀어지는 것이 마음에 든다.

나의 전 생이 외줄기 행로에 걸려 있는 것이 마음에 든다.

쓰러지지 않는 것도 아름답지만

마지막에 기어코 쓰러지는 것은 더 아름답다.

그 무엇에도 승복하지 않는다.

혼자서 가겠다. 하얀 결승선이 보이는 순간이 올 것이다.

알고 보면 모두가 혼자이다.

숨이 멎는 순간이 결국 오고야 말겠지만,
그래도 달리는 순간에 나는 살아 있으니,
버스를 타고, 전철을 타고, 인파에 뒤섞여 흘러가면서
가로등 불빛 점점이 늘어선 거리의 끝을 바라보면
사람들 사이를 떠나 달리고 싶어진다, 오래오래
교대로 발을 내딛으며, 숨이 턱까지 차오르게

차현희 순두부

십수 년째 차현희 순두부에서 저녁을 먹는다.
일주일에 한 번 혹은 두 번
조〇〇 법무사 사무소 옆 차현희 순두부
먼지 덮인 깔때기 조명이 색바랜 간판을 내리비치고 있고
말수가 별로 없는 아줌마는 내 주문을 받지 않는다.
주방 대머리 아저씨는 나를 보면 곧장 순두부 뚝배기를
불에 올린다.
거의 말이 오고 가지 않는 아줌마와 아저씨
부부라고 짐작하지만 물어본 적은 없다.
어쩌다 한 번씩 서로 언성이 높아지기도 한다.

그런데 이 순두부는 차현희가 만든 순두부일까.
차현희가 요리한 순두부일까.
항상 팽이버섯을 다듬고 있는 저 아줌마가 차현희는 아
닐 것이다.
차현희라는 사람은 지금 어디에 있을까.
십수 년 동안 차현희라 짐작되는 사람을 본 적이 없다.
자기 이름이 붙은 순두부를 내가 먹고 있다는 사실을 차
현희는 알까.
조〇〇 법무사도 본 적이 없다.

보았지만 그냥 지나쳤는지도 모른다.

조○○ 법무사는 법무 일을 보다 말고 여기 와서 순두부
를 먹었을까.

쓸 데 없는 생각을 하다가

이러지 말고 쓸 데 있는 생각을 하자,

하고 생각해 보니 연이어 생각나는 모든 것이 쓸 데 없
는 생각

그래도 시어를 고민하는 건 쓸 데 있는 생각 아닐까

까지 생각이 미치자

혼자 피식 웃음이 나고,

누가 쳐다보았을까 주위를 둘러본다.

바로 옆 농수산물 시장에서 온 듯한

무, 배추 닮은 남자 서넛이 한쪽 구석을 차지하고 있다.

남자들 뒤로 보이는 늘 그 자리에 있는 커다란 글씨,

백프로 국산 콩과 동해안 해수를 사용합니다.

동해 해수가 어떻게 수원까지 올까.

누군가 해수를 차에 싣고 달려왔을까.

뿌리쳐도 끈덕지게 달라붙는 쓸 데 없는 생각들

순두부는 이미 미지근하게 식었고
순두부처럼 맥없이 풀려 나가는 나의 시어
그저 희멀건하고 씹을 만한 알맹이가 없는 괴로움
소주 몇 병에 담그어진 배추와 무들은
미국과 한국의 대통령을 가열차게 뽑고 있고
벽시계를 연신 바라보는 아저씨와 아줌마는
누가 되었든 식탁 위의 선거가 빨리 끝나기를 바라고
이제 완전히 어두워진 바깥 세상으로 돌아가야 할 시간
며칠 전부터 골목 어귀에 나타난 붕어빵 장수는 오늘 출
근했을까.
바닥이 드러난 뚝배기처럼 또 하루가 텅 빈 채 지나간다.

노래를 불렀다

어두워져도 엄마는 돌아오지 않는다. 문풍지 사이로 들어오는 바람이 흐느끼는 소리를 낸다. 컴컴해지는 방 안이 무서워진다. 교실은 항상 밝지, 애들아 모두 모여, 풍금 치는 선생님, 하얀 건반 위 손가락, 부드럽게 흔들리는 손가락, 풍금 음을 따라, 몸이 흔들리고, 나직하게 웅얼거린다. 음표들이 날아올라 방 안을 떠돈다. 음표 꼬리가 뭉쳐진 고치 안으로 들어간다. 허기가 사라진다. 몸을 굼벵이처럼 둥그렇게 만다.

파트라슈, 파트라슈, 같이 가
성당까지 길은 멀기만 한데
앞이 보이지 않게 눈이 쏟아지고
휘청거리는 발걸음에
이리저리 갈라지는 길들이 자꾸 흔들리네
낑낑대지 마, 파트라슈
곧 첨탑이 보일 거야

노래 안에는
반딧불이 같은 작은 불꽃들이 살고 있다.
불꽃들에게 손을 내밀면,

작은 조각들이 눈부시게 흩어지면서
높은 하늘로 나를 띄워 올린다.

고개 숙이고 입 막아
눈을 가려, 문지르지 마, 전열 갖추고
폭죽처럼 터지는 최루탄
앞 열의 몇 명이 쓰러진다.
공기를 찢는 파열음
다리가 후들거린다. 주저앉고 싶다.
물러서지 말라니까
흔들리지, 흔들리잖게
우리 모두 모여 하나가 되자
흔들리지, 흔들리잖게
어깨를 건다. 방패의 성을 향해 나아간다.
커져가는 노래의 메아리가
구름처럼 피어나는 연기를 삼킨다.

노래 안으로 몸을 담그면
쏟아지는 음표들과 함께
하늘을 날게 되고

내려다보이네,
눈을 맞고 있는 파트라슈의 갈색 몸뚱이
엄마를 기다리는 나
새우처럼 웅크리고 있는 나
서너 번째 줄에서 눈을 비비고 있는 나

만날 사람이 없던 많은 날들
표지가 녹색인 청소년 애창곡 300선
벽에 다리를 걸치고 처음부터 끝까지 모두 불렀다.
세 시간, 혹은 네 시간
모르는 노래는 건너 뛰고
어떤 노래는 한두 소절로 끝내고
차가웠던 손에 점차 온기가 돌았다.
견딜 수 있었다.

흑석동 산책기

현충원 뭇 비석들 위로 흰 벚꽃 휘날리고
햇볕 유난히 따사로운 주말이면
문득 생각난 듯이 흑석동에 간다.
이한열이 죽고 박종철이 죽고 세상이 심하게 흔들리는 시
내버스 같던 시절에
마르께스와 오스트롭스키를 옆구리에 끼고
이 좁은 골목길을 오르내렸다.
무언가 변하고 만들어질 수 있다고 생각해서
늦은 밤까지 잠들지 못하고 뒤척이던 때가 있었다.
만들어낸 것 하나 없이 세월은 무심히 흘러갔다.
십 년 동안 고시 공부를 했다던 과일 가게 아저씨,
아무리 보아도 이발소 그림 같은 풍경화에 매달리던 윗
층 아저씨,
어두워지면 짙은 화장을 하고 외출하던 옆집 아가씨
골목에서 자주 마주치던 그 이웃들 이제는 모두 보이지
않는다.
이끼 낀 돌계단, 먼지 앉은 창문들 사이로
검은 고양이 한 마리 소리없이 나타났다 사라지고
귀퉁이 부서진 연립주택 철문에 붙은 노란 테이프들, 출
입금지 경고장들,

좁은 마당에 뒹구는 녹슨 양푼과 깨진 화분들.

연탄 보일러 호스가 얼기설기 질러간 반지하 창문들에는

뜀박질하던 아이들이 붙여 놓은 때묻은 포켓몬 스티커들.

나타나지 않을 사람들의 생각에 잠겨

이제 철거의 순간만을 기다리는 골목길을 지난다.

천천히 서달산 등성이에 올라가 내려다보면

아파트 단지 너머 강물은 여전히 나른하게 흐르고

썰물 후의 개펄처럼 펼쳐진 옹기종기 키 작은 주택들.

이따금 봄바람에 날리는 작은 꽃이파리 속에서

한 쪽으로 기울어진 흙 때묻은 나무 벤치에 앉아

뒤축이 닳은 신발을 고쳐 신는다, 등에 내리는 봄햇살
이 따스하다.

이제 곧 여기에도 높다란 아파트들이 들어설 것이다.

옛날을 기억하는 나 같은 발걸음도 서서히 끊어질 것이다.

양말을 신으며

목이 긴 양말이 싫다.
미끈한 머리를 종아리까지 끌어올릴 때
긴 목 아래 잠기며 멀어지는 발
캄캄한 어둠 속에서 무슨 반란인가를 일으킬 것 같고
어느 날엔가는 소식을 끊고 제멋대로 움직이지 않을까.
힐끗 보이는 엄지의 뾰루퉁한 표정도 마음에 걸린다.

생각해 보면 가리는 것이 일상인 삶
가리어지고 덮이는 내 안의 수많은 것들
반란과 음모가 발효하는 내밀한 공간을
모두들 얼마나 많은 색색의 치장으로 덮고 있는 것일까.
아무 일도 없었던 듯 지나치는 눈빛들이지만
미세하게 흔들리는 뿌리를 다 같이 느끼고 있다.

누르고 살아야 하는 것들 위에서
덮고 살아야 하는 것들 위에서
그럭저럭 고요하게 매일이 지나가니
세상의 그 숨죽인 아슬아슬한 운행이 신기하다.
아주 어긋나지 않는 발들의 얌전한 보행이 신기하다.

그러니 아주 쓰러질 염려는 하지 않아도 될 것이다.

넘어지지만 않으면 버틸 수 있을 것이다.

아침마다 발을 감추며 생각한다.

인간이라는 궤도를 타는 일,

인간의 행렬에 뒤섞여 걷는 일의 어려움을.

오르골

빌린 동화책 한 권을 옆구리에 끼고
집으로 돌아가는 좁은 골목길
빨간 벽돌 담벼락에 잠시 기대어 있으면
장미꽃이 만발한 담장 너머에서
희미하게 들려오던 피아노 건반의 울림

바람에 실려 오는 장미 향기와 함께
음표가 올라가 사라지는 골목 위 하늘은
구름 한 점 없이 항상 맑고 푸르렀고
가끔 아주 먼 곳으로 사라지는 비행기의 흰 꼬리가 보
였다.

'소나기'의 마지막 대목을 배우던 날부터
피아노 음은 울리지 않았다.
기대 선 담벼락 끄트머리로 발갛게 해가 저물었고
집으로 가는 길은 어느새 캄캄해졌다.

누구를 기다리는 것인지
나는 끊임없이 계속 태엽을 감고 있다.
놓지 않아야 될 손을 놓친 다음

가뭇없이 추락하는 누군가를 내려다본다.

장미꽃 이파리가 흩날린다.

심야 토끼

아파트 정문 앞 2차선 도로
거대한 모터 돌고 있는 빗물 펌프장을 끼고 몇백 걸음
가서
늘 불을 밝히고 있는 세븐일레븐 편의점을 지나
던킨도너츠 앞 건널목에서 사차선 도로 신호를 기다려
빌라 단지 지나 어두컴컴한 굴다리를 건너면
언제나 거기에 있는 한강공원

새벽 세 시까지 잠을 이루지 못하고 뒤척이던 어느 날
견디다 못해 잠자리에서 벌떡 일어났고
인기척 하나 없는 조용한 밤거리를 지나 한강에 갔다.
깊은 밤에 보면 텅 빈 영화관 같은 거대한 한강변
듬성듬성 잡초 끼어든 널따란 잔디밭에
누구를 기다리고 있는 것인지
사람이 사라지고 난 무대의 주인공처럼
토끼 한 마리가 웅크리고 있었다.
달빛조차 거의 없는 캄캄한 밤이었지만
젖소 모양 얼룩무늬 등은 눈에 잘 띄었다.
바람막이 후드티를 뒤집어쓴 나를
편안한 눈빛으로 바라보았다.

깊은 밤에 한강 잔디밭에서 토끼를 마주치는 게 당혹스러웠지만

토끼는 별로 그러지 않은 것 같았다.

내가 생각하는 빨간 눈이 아닌 검은 눈을 깜박거리며 나를 바라보았고

눕혔던 귀를 총총 세우고 고개를 약간 갸웃거렸다.

그런 다음 두 발로 우뚝 서더니

마치 가까이 오라는 듯 허공 속의 왼손을 약간 까딱거렸다.

기이한 인연의 기억은 필요한 법이지, 비어 있는 내 손이 마중을 나갔지만

내민 손을 거부하며 토끼는 뒤로 물러났고

몸을 움츠리고 옆으로 살짝 옮겨 앉더니

시선을 돌려 내가 아닌 강물 쪽을 바라보았다.

뿌연 조명 몇 개가 달린 거대한 철교와

불투명한 꿈자락 같이 겹겹이 쌓인 암갈색 강물을

토끼는 말없이 바라보았고

할 말이 없어진 나도

그 곁에 함께 앉아 마냥 바라보았다.

가끔은 누구에게도 설명할 수 없는 일이 일어나고
그런 날이면 아무리 해도 잠을 이룰 수 없고
결코 멈출 수 없이 연달아 일어나는 생각들의 꼬리를
흐르는 강물을 바라보고 있으면 좀 가라앉힐 수 있지 않
을까 하는 심정으로
깊은 밤의 한강에 앉아 있게 되기도 하는 법이라고
그렇게 말하는 듯하면서
그런 일을 늘상 겪어온 듯한 표정으로
토끼는 강물을 바라보았다.
일어난 일과 일어날 일을 다 알고 지켜보는 것처럼
그 눈은 점점 더 가느다랗게 오므라들었다.

누군가 울고 있고
누군가 웃고 있고
팔을 휘두르며 싸우고, 목이 쉬도록 소리 지르고
그러다 어떤 사람은 끝끝내 그 길 위에 보이지 않고
그런 풍경들이 강물에 뒤섞여 지나가는 것이
우리들의 삶의 시간이 천천히 흘러가는 것이
어렴풋하게 보였다.

모두 어디로들 가고 있는 것일까.

지금 꿈을 꾸고 있는 것일까.

지울 수 없는 우울의 씨앗 하나가 잭의 콩나무처럼 뻗어나올 때

단숨에 밑둥을 잘라낼 도끼를 구할 수는 없을까.

뭔가 묻고 싶고 확인하고 싶었지만

대화를 거부하듯 토끼는 고개를 약간 돌렸고

오래오래 기다려야만 한다는 뜻인지

앞발로 마른 땅을 두세 번 천천히 긁었다.

지혜가 흘러넘쳐 이제 세상에는 어울리지도 않는 노쇠한 노인과

지혜를 익힌 적이 없어 앞으로 무수히 자빠지기만 할 어린아이처럼

우리는 나란히 앉아 빗살 모양의 시간이 지나가는 것을 지켜보았다.

요다같이 웅크리고 앉은 토끼는 끝내 별 말이 없었다.

수많은 이의 아우성 같은 핏빛 기운이 먼 동쪽 하늘에 비치기 시작했다.

인간들이 세상을 점령하는 시간이 다가오고 있었다.

줄여 쓰는 회고록

좀 그러네
쑥스럽기도 하고
그래도 누구나 몇 마디 할 말은 있는 법이니
기지개 켜는 무료한 시간에
생각나는 대로 한번 돌아나 볼까
항상 구멍난 양말
맞지 않는 옷과 너무 큰 신발
사라져 나타나지 않는 아버지
엄마의 손을 잡고 어디론가 가던 밤,
까마귀 날개에 자꾸 가려지던 달
곧 오겠다는 약속을 지키지 않는 엄마
혼자 웅크리고 있던 친척집 뒤켠,
유난히 키가 크던 맨드라미의 붉은 얼굴
기를 쓰고 울부짖던 벌레들
창고 비슷한 구석방에서
엄마 찾는 동화를 쓰던 아이에게
마침내 얼굴이 까맣게 탄 엄마가 나타나서
태어나 처음 기차를 타고
사람들 사이에서 이틀 동안 부대끼며
너른 벌판처럼 불빛이 깔린 도시에 도착했고

온갖 지린내, 비린내 풍겨 오는
쪽방촌 어두침침한 방에서
세상을 저주하는 일기장 넘길 때마다
하이에나, 자칼, 들개 떼 울음소리 들려오고
키가 좀 자라면서
다니는 둥 마는 둥 학교 마치면
뒷골목에서 시간 보내다 돌아와
피투성이 꿈을 꾸거나 뒤척이는 불면의 밤들 보내고
가끔 어려운 책 읽으며
세상이 놀랄 엄청난 반란을 꾸미기도 하고
그랬는데,
지나고 나서 돌아보니
그 모두가 그렇고 그런 정규 코스

키 성장이 멈추었다.
이후는 모두 아는 너무 뻔한 스토리
정방형 도로와 시멘트 빌딩 사이를
괘종시계 추처럼 오락가락 하며
이런저런 사람들 만나

하나마나 한 일들 하면서
하나마나 한 얘기 되풀이하고
성냥갑 같은 아파트촌 재소자 되어
종신형 죄수복 걸친 몰골
날마다 거울에서 확인하는데

탈옥을 꿈꾸는 동화가 마지막 페이지
가로등 불빛 점점이 늘어선 거리
줄지어 선 높다란 아파트 위로
푸른 보름달 둥실 떠오르면
불빛 모두 꺼진 고층 아파트 베란다에
노인 하나 우두커니 서서
하늘 저쪽 흘러가는 은하수로 배를 띄우네
집 없이 떠도는 세상의 동물들 모두 불러모아.
뱃머리에 선 노인,
밤새 쓴 시를 읽으면
노를 저어가는 동물들 귀를 기울이네요
흔들리는 배의 고물이 가물가물 멀어지며
보름달 언저리를 지나갑니다.
가로수 위 까치들 각각거리면서

재빠르게 새벽이 다가오는데
바라는 집에 닿을 지는 두고 봐야 알지요
여기까지입니다.

안개

어딘가를 가고 있었다.

긴 길이었다. 끝이 없이 길이 이어졌다.

어딘가로 가려 했다. 가야 한다고 생각했다.

어디인지는 알 수 없었다.

누가 기다리고 있었다. 누구인지는 알 수 없었다.

무언가 놓고 온 것 같았다. 무엇인지는 생각나지 않았다.

주머니를 뒤지는데 찾는 것이 없었다. 무얼 찾는지는 알 수 없었다.

어디서 무슨 일을 하다 여기까지 왔는지

어디 가서 무슨 일을 하려 했는지

생각이 날 것 같은데, 생각이 나지 않았다.

어느 순간, 주위에 사람이 보이지 않았다.

길이 흐릿해지고

나무와 집들이 지워지면서

여기가 어디인지 알 수가 없게 되었다.

좁아지는 시야에 마음이 다급해졌다. 목이 말랐다.

무작정 빨리 걸었다. 흐릿한 빛살이 나타났고,

어슴푸레한 빛 속을 키 큰 사람들이 열을 지어 지나갔다.

얼굴이 길었고 표정이 잘 보이지 않았다.

뭐라고 말을 걸었지만 듣지 못하는 것 같았다.

모두들 그저 앞을 향해 걸어갔다.

내가 가고자 하는 곳으로 가는 사람들이라는 생각이 들었다.

행렬의 뒤를 따라갔다. 그래야 할 것 같았다.

부지런히 걷는데도 열에서 자꾸 멀어졌다.

행렬의 꼬리가 보이지 않게 되면서

혼자 뒤처졌다.

몸이 기억하는 시간들이 짧게 접히고

몸이 기억하는 세상이 좁아지고

종이 한 장 크기로 줄어들면서

몸 하나 서 있는 공간 외에 아무것도 남지 않았다.

어디를 둘러보아도 아무것도 보이지 않았다.

정체를 알 수 없는 희미한 소리만이 사방에서 들려왔다.

생생한 풍경을 다시 볼 수 없을 거라는 생각이 들었다.

그렇게 생생했던 풍경이 본래 없는 거였나? 본 적이 없었나?

의심이 일어났고,

내가 누구인지 알 수 없게 되었다.

몸부림치며 깨어나도 다시 똑같은 꿈의 입구로 빨려 들어갔다.

비상벨

비상벨을 훔쳐 보는 버릇이 있다.
적당히 조용한 전철, 같은 곳
모두들 나른하게 정신을 놓고 있을 때,
정신 차리라는 소리가 갑자기 마음 밑바닥에서 울리고
다급하게 주위를 둘러보면
눈앞에 나타나는
동그란 **빨간색** 버튼,
투명한 덮개를 깨고, 누르고 싶어진다.

입을 좀 벌리고 졸고 있는 아줌마,
핸드폰에 고개를 처박은 청바지 아가씨
신경질이 굳어 찡그린 표정이 된 낡은 정장 노인
늘 어깨를 부딪히는 군상들 속에서
그들이 놓치고 있는,
그들이 지나치고 있는,
훨씬 더 중요한 무엇을,
어쩌면 가장 중요한 무엇을,
지금 이 순간 바로 알려 줘야 한다는
다급한 계시가, 섬광같이 지나간다.

무슨 일인지 웅성거리는 사람들에게
토끼 눈을 하고 쳐다보는 사람들에게
말하고 싶어진다.
지금 당신들이 하려는 일보다 더 시급한 일이 있다고
지금 당신들이 가려는 곳보다 먼저 가야 할 곳이 있다고
지금 당신들이 가고 있는 만남보다 더 중요한 만남이 있
다고
무엇인지는 나도 모른다.
그러나
무언가 아주 잘못되었고,
잘못된 쪽으로 향하고 있고,
그렇게 하면 안 된다고,
커다랗게 외치고 싶어진다.
망각으로 흐려진 초점 없는 눈들을
벨을 누르듯 힘껏 꽉 누르고 싶어진다.
멱살을 잡고 흔들고 싶다.

모두들 떠나고 난 후
혼자 남은 텅 빈 사무실
창가에 서서 잠시 숨을 멈추고

지평선까지 퍼져 나간 도시의 불빛을 바라보면
탈출해야 한다는 위기감이 몸을 휩쓴다.
조난자를 위한 구조신호처럼
어둠 속에 깜박깜박 빛나는 비상벨
무표정하게 지나가는 날들에 수술칼을 들이대듯이,
어쩌면 나타날지도 모를 거대한 무엇을 기대하면서,
단호하게, 천천히 빨간 버튼을 누른다.

울고 싶은 날

울고 싶은 날이 있다.
별 이유 없이.
호젓한 길을 걸을 때부터 느낌이 온다.
호흡이 조금씩 짧아지면서
발바닥이 지면에서 자꾸 어긋나고
평소보다 풍경이 빠르게 스쳐 지나간다.
세상과 멀어지는 것을 재촉하는 증거,
서두르는 것이 좋다.
사람이 없는 곳,
어두운 구석방 정도가 적당하다.
창문을 닫아 걸고
모로 쭈그린 자세로
담요를 머리 위까지 덮어 쓰는 게 좋다.
무엇이든 버리고 싶은 마음과
무엇이든 끌어안고 싶은 마음
그 어중간한 지점에서
자신을 버리고 싶은 마음과
자신을 껴안고 싶은 마음
그 가운데 어디쯤에서
아무도 없이

그저 혼자서만

그냥 마구잡이로 떼를 쓰듯이

때로 누군가를 탓하는 심정으로

내 잘못은 아니라고

내가 그런 것은 아니라고

있는 힘을 다해 외치는 기분으로.

그럴 듯한 설명

고상한 이론

누구나 다 비슷하다는 상투적인 위로

아무 도움이 되지 않는다.

비관이 비관을 불러내고

흐느낌이 흐느낌을 불러내고

작은 구멍 안으로 파고들 듯이

몸 크기의 어둠에 완전히 젖을 때까지

어금니를 꽉 깨물며

신음이 저절로 흘러나올 때까지.

시간이 얼마나 지났을까.

달라붙는 것들을 그렇게 내뱉고, 뿌리치고

진득했던 무언가가 빠져나가

몸이 횅하니 비고 나면

이제 그만 자리에서 일어나고 싶어지고
쾡한 눈으로 창가에 서면
어둠에 잠긴 세상의 고요가 새삼스럽게 다가오고
불빛들 좀더 선명하게 보이고
나는 살아 있다.
어쨌든 살아 있다.
당분간은 견딜 수 있다
스스로 위로하면서
떠나지 못하고 몸 안에 아직도 남아 있는 것
마음 밑바닥에서 꿈틀거리며 다시 나타나는 것들
천천히 응시하면서
다음의 더 긴 울음을 준비한다.

수면 진입 루틴

이 진지의 병을 떨치지 못하니

아니 떨치기 위하여

경멸하고 존중하는 모든 사색가들의 얼굴을 얼룩이 번진
천정에 나열하고

세심하게 가늠하여 표창을 던진다.

줄을 타고 창문으로 침입한 검은 복면의 닌자처럼.

지리멸렬한 결과, 물론 다 알고 있다. 같은 동작을 반복
한다.

그것 외에 다른 일이 생각나지 않아서일 수도.

한 열의 얼굴을 다 날리고,

공들여 다음 열을 세운다.

불만 섞인 얼굴들이 나름의 주문을 늘어놓는다. 표창 하
나로 사라지지 않는다.

그래 봐야 별 차이 없어, 냉소를 보낸다.

냉소의 효과, 금세 사라질 아주 작은 위안과 여유가 생
겨나기도 한다.

이 과정의 통과의례 중 하나는 말을 잃는 것

밀려오는 희끄무레한 안개 속에

길 가운데 서 있는 아이 하나가 가끔 보이는데

130

생각보다는 재미없는 일이 앞으로 연속될 거야

남은 길에 별 기대를 하지 않는 게 좋아

무슨 말인가를 전하고 싶지만

이미 굳어 있는 혀를 깨우지 못한다.

아이 멀어지고

흐릿한 운무 속을 물고기 비늘 비슷한 작은 빛의 조각들

이 지나가고

어떤 풍경의 모서리, 끝내 하지 못한 말 한 마디, 꼭 후려

치고 싶은 얼굴 몇 개,

지나가고, 지나가고

어렴풋이 나타나는 어둠 자욱한 들판

매일 오는, 눈에 익은 들판이지만

아무리 해도 이 막막한 어둠과는 화해할 수가 없다.

인간으로 태어난 후회로 몸이 마비되고

있는 힘을 다해 저 멀리 보이는 희미한 빛을 향해 기어

나간다.

다다르고 보면 새벽빛이 스며든 어둑한 천정이다.

오지 않는 시내버스

백 년 만에 찾아왔다는 무더위
하얗게 탈색된 거리
아스팔트 위 짜글짜글 끓고 있는 햇볕
아무리 기다려도 버스는 오지 않는다.
무슨 일인지 불이 꺼져 있는 안내 전광판
아지랑이 계속 피어오르고
홀로그램처럼 흔들리는 거리
그런데 어딜 가려고 했었지?
생각이 나지 않는다.

문득 찾아오는 기억
항상 이렇게 길가에 서 있었고
항상 햇살이 뜨거웠고
늘 무언가를 기다리고 있었는데
어느새 기다리던 것들은 다 지나가고
나는 기다리던 것들의 뒤에 있다.
누군가 얼핏 스쳐 지나간 것 같기도 한데
무언가를 잡은 것 같기도 한데
손을 펴 보면 아무것도 없다
멀어져 간 것들의 희미한 흔적만이

뼛가루처럼 하얀 분말로 묻어 있고
목이 마르다.

땡볕에 시달리고 있는,
비쩍 마른 어린아이같이 여린 가로수 한 그루.
기다리는 것은 오지 않는다는 걸
이미 지나갔다는 걸
항상 뒤에 서 있게 된다는 걸
다 알고 있는,
품에 분홍색 보따리를 끌어안고 있는 흐린 눈동자의 할
머니
골똘히 길 건너편을 바라보고 있는 후줄근한 양복 차림
의 중년 남자
모두 아무 말이 없는데
가물가물 저쪽에서 버스 한 대가 나타난다.
내가 기다리는 번호가 아닐 것이다.
그리고,
금방 지나쳐 갈 것이다.
햇살이 백일몽처럼 튀어오른다.

나무였던 기억

오래 걷는다, 기억 속 얼굴들 멀어지면서
부드러운 바람이 머리카락을 흔들고
흙으로 자꾸 붙박히는 두 다리
문득 생생하게 나타나는 데자뷰
아마 나무였을지도,
애초에 서 있던 자리로 돌아가고 있는 것일지도.
사실 이 모든 정념은 나의 것이 아니었으니
어느 순간 문득문득 마주치는 고요
마음 깊은 곳으로부터 줄기가 뻗어나오고
하늘을 바라보는 순간 안다, 밑에서부터 차오르는 깊고
완강한 무엇.

많은 것들이 스쳐 지나갔다.
맑은 날 들리던 아이들의 웃음소리, 연인들의 속삭임
흐린 날 누군가 부르던 우울한 노래
위안이라 생각했던 많은 온기들조차.
나의 것이 아닌 온기들,
마지막 온기를 떨군다, 몸에 닿았던 손의 기억을 놓는다.
가지에서 날아올라 멀리 떠나는 새떼처럼
흩어지는 기억의 조각들이 하늘을 채운다.

기쁨과 슬픔의 수풀이 무성하게 자라고 시드는 동안
나부끼는 그 모든 풍경을 나이테에 침묵으로 새겼으니
이제 해와 달이 가는 길을 따라
그저 팔을 벌리고 서서
아무것도 부끄러워하지 않고,
흘깃거리지 않고,
되새기지 않아,
뒤틀리고 마른 형해 하나로 설 것이다.
마침내 나무의 기억조차 지운 떠돌이 바람이 될 것이다.

유목민

초가지붕이 어깨를 잇댄 골목길을 벗어나
아름드리 당산나무를 지나가면
세상에서 가장 크고 넓은 학교
끝이 보이지 않는 운동장에서 오징어살이, 다방고를 하
다 지치면
매미채를 둘러메고 시냇가를 뛰었네
지평선까지 푸르게 펼쳐진 보리밭
보리밭 끝 먼 곳에서 먼지가 일어나네
구름처럼 피어나는 먼지를 마시며
새나라 자동차의 꽁무니를 따라
동네 아이들과 함께 달리는데
이 길에 왜 이렇게 갑자기 차가 밀려 와?
운동장 조회 때 줄같이 끝도 없이 이어지는 차량 행렬
뻗어가는 도로, 죽순처럼 솟아나는 건물들
사다리를 내려 달 표면을 걷는 암스트롱
꼭대기에서부터 파도처럼 부서지는 달동네 판잣집
먼지를 뚫고 굴뚝 위로 올라가는 난장이
폭죽처럼 터지는 최루탄
오토바이를 타고 달리는 체 게바라
뛰어, 백골단이잖아

이거 막다른 골목인데, 담을 넘어, 담을

방패들, 방패들이 조여 오는데

살아남은 자의 슬픔을 느낄 여유도 없이

비처럼 쏟아지는 액정 화면들

다급한 발신음이, 클로즈업된 동영상이, 어지러운 부호

가, 말소리가, 문자가 소용돌이치고

블랙 미러 안으로 몸이 빨려 들어가네

그만 좀 멈춰 줘, 이 로봇 팔 치워

내 뇌에 손 대지 마, 찌르지 말라고

~~ ## %% && ** 〈〈 〉〉 – – – – – – – – – – – – – –

몸이, 몸이,

(귀하는 뇌 데이터 영구 보존 프로그램 참여를 거부하였습

니다)

왜 이렇게 어두워져

빛, 빛은 어디에 있어?

싫어, 나갈 거야

누가 나 로그아웃 좀 시켜 줘

치명적 질환

의사는 말을 하지 않는다.

무슨 일인지 알고 있는 듯하지만 입을 다물고 있다.

시선을 외면한 채 모니터를 쳐다본다.

쌓이는 침묵이 해결이 불가능한 일이라는 사실을 각인
시킨다.

짐작이 된다.

말을 내뱉는 순간

별것 없이 초라해지는 삶을 목격하고 싶지 않으니.

아주 오래 전부터

어쩌면 태어날 때부터

몸 안 어느 구석에서 계속 자라나

혈류를 타고 돌며 세포마다 퍼져 있는 것들

여기저기 청진기를 대며

깊은 바닥으로부터 올라오는 불길한 음향을 듣는다.

다시 빠져나올 수 없는 문이 천천히 열리는 소리

툭, 탁, 툭, 탁 목을 조여 오는 시간의 맥박 소리

시도 때도 없이 마주쳤던 그 검은 그림자의 발자국 소리

우리의 시선이 머무는 엑스레이 사진

사자의 메시지를 전하러 온 해골과 갈비뼈

덜그럭거리는 소리를 내는 대퇴부의 뼈

이제 곧 올 것이 온다고 말하는 듯하다.
누구의 잘못도 아니다.
오게 되어 있는 순간이 찾아올 뿐
예정된 일이 이루어질 뿐
이 순간을 오랫동안 기다렸다는 생각이 들기도 한다.
어쩔 수 없다.
어쩔 수 없다는 사실이 위안을 준다.
목마른 사람처럼 농담이 당긴다.
가벼운 농담으로 넘기고 싶은데
그런 마음이 간절해 혀가 간지러워지는데
어떤 농담도 떠오르지 않는다.
농담 같은 구름이 창밖을 느릿느릿 지나가고
해골과 앙상한 뼈를 몸 안에 품고 있는 사람들이
쏟아지는 햇살 속을 부지런히 걷고 있다.
기다리고 있는 마지막을 향해 서서히 함몰한다.

삼중당 문고

체육 시간에 갈비뼈를 다쳐 찍은 엑스레이
엉뚱하게 나타난 폐결핵 하얀 구멍
운동을 하는 것이 금지되었고
날마다 알약 한 웅큼을 먹고
공 차는 친구들을 바라보는 구경꾼이 되어
운동장 구석 등나무 벤치에 앉아 있었다.
슬로우 모션 장면같이 천천히 지나가는
아이들의 뜀박질을 바라보며
저주받은 청춘의 달콤한 감상에 젖어
필터가 타들어갈 때까지 싸구려 담배를 빨았다.
엑스레이 사진처럼 지나가는 메마른 나날들,
될 대로 되라는 자포자기의 심정,
세상이 망했으면 좋겠다는 생각이 들었다.
공부해야 인간이 된다,
선생님들은 목청을 높였지만
뭔가 속는 기분이 자꾸 들었고
침을 튀기는 벌건 얼굴을 보면 별로 믿음이 가지 않았다.

담배를 빨다 하늘을 보면
벤치를 덮은 철제 격자틀에 등나무꽃이 만발했고

포도 같은 보랏빛 꽃송이들에서
새콤한 향기가 풍겨왔다.
혹시 구석에 남아 있는 담배갑이 있을까
끈 떨어진 책가방을 뒤지면
손에 와 닿는
손바닥만 한 크기의 삼중당 문고 한 권
우체국 옆 문성당 서점에서
일탈을 꿈꾸며 투자한 삼백 원이
교과서 사이에 숨어 있다가 얼굴을 드러냈다.
어지러운 세상의 미로를 그리고 싶었는지
회갈색 표지에 새겨진 기이한 문양
세로쓰기 페이지를 기어다니는
개미 같은 활자들

해결할 수 없는 문제들을
기어코 해결하려 덤벼드는
저 먼 곳의 인간들과 마주치면서
약 기운 남은 머리는 더 몽롱해지고
집으로 돌아가는 길은 아득하게 멀어지기만 했다.
앞이 보이지 않게 어두워져 고개를 들면

저 멀리 환하게 불을 밝힌 교실에서
'인간'이 되기 위해 애쓰는 친구들이
책상에 일렬로 고개를 처박고 있었고
캄캄해진 벤치 가까이에서 풀벌레가 울었다.

등나무 벤치로 어스름이 내려앉는 어느 저녁,
펼치고 있는 삼중당 문고 페이지 위로
어슴푸레한 장면 하나가 나타났다.
추레한 옷차림의 늙은 남자 하나가
인적이 드문 숲길 나무 벤치에 앉아 있었다.
쭈글쭈글한 손마디가 움켜쥐고 있는
작은 책 한 권이 보였다.
기이한 문양의 표지가 생생하게 두드러졌다.
손때가 새카맣게 묻은,
삼중당 문고.
눈가에 주름이 많은 얼굴이
천천히 고개를 들고 나를 바라보는데,
아주 낯이 익었다.
삼중당 문고 안으로 열린 긴 통로 양컨에서
우리는 금방 서로를 알아보았다.

잠원동 매미

어딜 둘러보아도 아파트뿐인 이 거리에는 계절이 없다.
　중요한 무엇을 잊어버린 주민들에게 새로운 세계의 문
을 열어 주듯이
　바늘로 찌르듯이

　눈치채지 못하는 사이에 여름이 오고,
　앞이 보이지 않는 어둠 속에서 7년을 기어서 기어서 포기
하지 않고 앞으로 나아갔다. 갑자기 시야가 터지고 빛이 쏟
아지면서 진초록 잔디밭 위로 고개를 내밀게 되었다. 오래
오래 어둠을 기어 온 자만이 얻는 어떤 깨달음이 스쳐 지나
갔다. 눈앞에 우뚝 선 나무의 몸통을 붙들고 아득바득 기어
올라 몸을 짓누르던 무거운 껍데기를 벗어 던졌다. 날개가
돋아났다. 얇은 날개에 와 닿는 바람의 감촉을 느끼며 푸른
창공으로 날아올랐다.

　뚜렷하게 기억되는 문장 하나 만들지 못하고
　반듯한 규격으로 그저 엎드려만 있는 고요한 동네,
　견딜 수가 없어서
　여기저기 십자가를 밝힌 성당과 교회에서 흘러나오는 안
식을 갈구하는 기도,

오염된 물처럼 번져가는 조립된 평화에
아주 차가운 무엇인가를 끼얹고 싶어서

온몸을 흔들며 운다, 외친다. 깊은 어둠 속의 세월 동안
가슴 속에 내내 고여 있던 제어하기 힘든 그 모든 분노, 모
든 슬픔, 모든 외로움이 뭉쳐 만들어진 계시를 적막한 허공
에 커다랗게 써 나간다.

오늘도 동사무소 앞을 지나 가로수 아래를 걸어 귀가하
는 주민들은
변한 내용 없는 등본을 넘겨보며 안전한 거주의 세월을
확인하고
생소한 외침에 당황하며 가끔 한 번씩 나무 위를 올려다
본 다음
신속히 잊어야 할 것을 순서대로 정리해
오늘 분량의 자책까지 더하여 빠르게 폐기하고
어두워진 거리, 벌집처럼 잘 구획된 벽과 방 사이로 스
며드는데

인적은 끊어지고 환하게 불 밝힌 차들이 어쩌다 한 번씩

스쳐 지나가는 거리, 가장 높은 나무 꼭대기에서, 무슨 얘기인지를 들어보라고, 할 수 있는 힘을 다해, 목에 피가 맺히도록 외친다. 불 꺼진 창문들 너머, 아직 잠을 이루지 못하는 누군가의 그림자가 어렴풋이 잠깐 흔들리기도 한다.

마침내 투명해지는 너의 울음, 울다 울다 지쳐 기운이 다하여 어느 나무줄기나 시멘트벽에 말라붙은 미라로 남은 너를, 아파트 꼭대기에서 추락하여 산란을 끝낸 연어처럼 보도블럭에 누워 있는 너를, 벌집에서 나온 구둣발들이 오늘도 바쁘게 일상을 향하며 밟고 지나간다. 울음이 빠져나간 몸뚱이는 가볍게 바스라진다.

끝내 밟히지 않은 울음의 꼬리가 어딘가에 살아있다. 보도블럭 저 아래, 차가운 땅속으로 파고 들어간 무서운 울음의 씨앗이 어느 순간 꿈틀거린다. 머뭇거리는 발걸음 끝에 때로 서늘하게 밟힌다.

일상의 우울을 응시하는 시

박혜경(시인, 문학평론가)

1.

　김기주의 시들은 시인이 시적 대상에 대해 취하는 거리에 따라 크게 두 가지 유형으로 나뉠 수 있을 듯하다. 시인이 대상에 거리를 두고 관찰적 시선을 취하는 유형이 그 하나라면, 시인이 자신의 내면을 시적 대상에 투사하며 대상과의 정서적 동일화를 보여주는 시들이 다른 하나다. 이 시집은 세 개의 챕터들로 구성되어 있는데, 전자의 특징을 보여주는 시들은 대개 시집의 첫 챕터에 실려 있다. 그러나 시집은 뒤로 갈수록 시인의 내면적 발성에 바탕을 둔 시들이 주를 이루는 모습을 보여준다. 마음의 원근법을 보여주

듯, 시인의 정서적 개입을 억제하며 대상을 원거리에서 바라보는 듯하던 시들은 점차 시인과 대상 간의 거리를 없애며 외부의 사물에 시인의 마음을 투사하는 정서적 특성을 강하게 드러낸다.

물론 전자의 시들이 보여주는 관찰적 시선 역시 시인의 주관적 관점과 판단을 담고 있고 그를 통해 시가 전달하려는 메시지를 적극적으로 드러낸다. 어느 편인가 하면 시인 내면의 정서적 지향이 강한 시들보다 대상에 대해 관찰적 거리를 취하는 이러한 시들이 오히려 시집을 일관하는 현대 문명세계에 대한 비판적 메시지를 더 강하고 직설적인 언어로 표현하고 있다고 할 수 있을 정도다. 두 유형의 시들은 모두 "진흙에 버무려진 잡탕투성이 뉴스가 떠다니는/ 찌뿌둥한 무채색 도시"(「폭설」), "모두들 온몸을 던져 앞을 향해 달려가지만/ 결국은 쓰러지는 허망한 결말"(「예언자」)로 표현되는 현대 문명사회의 삶을, 한편으론 제3의 화자의 입을 빌린 준엄하고 냉소적인 어조로, 다른 한편으로는 고통과 회한을 토로하는 시인의 내적 발성을 통해 그려낸다. 요컨대 두 유형의 시들을 구분짓는 것은 방법론의 차이인 것이다. 전자에 속하는 시들은 수적으로 큰 비중을 차지하고 있지는 않지만, 시들이 주는 강렬한 느낌으로 인해 시집 전체에 특유의 역동성을 부여하고 있음은 주목할 필요가 있을 듯하다.

대상에 대해 관찰적 거리를 취하는 전자의 시들에서 특징적인 것은 시적 화자의 독특한 발성과 디테일한 장면 묘사다. 특이한 것은 이러한 장면 묘사가 시를 읽는 사람에게 종종 어떤 상황극 안에 들어와 있는 듯한 느낌을 불러온다는 점이다. 단편적인 장면들의 연쇄라 해도 장면이 시간의 흐름과 함께 움직인다면 거기에는 일정 부분 서사적 요소가 담길 수밖에 없다. 이 때문에 이 시들이 보여주는 장면들의 연쇄는 마치 한 편의 연극적 상황을 접하는 듯한 느낌을 준다. 시집에서 제3의 화자가 전면에 등장해 시의 전개를 이끌어나가는 시들로는 「마녀」, 「조커」, 「게이샤」, 「사마귀」, 「예언자」 등을 들 수 있다. 이들 시에서 시의 제목에 등장하는 화자들은 마치 모노 드라마를 보는 듯 연극적 느낌을 주는 독백적 언술들을 쏟아낸다. "나의 사랑은 상대의 마지막 살까지 씹어먹는 크기/(중략)/ 그대들이 나태의 바닥에서 뒹굴고/ 천박한 유희와 치장으로 다시 오지 않을 나날을 흘려 보낼 때"(「사마귀」) 같은 사마귀의 발성이나, "영광의 순간도 있을 것이다./ 승리의 순간도 있을 것이다./ 그러나 훤히 보인다./ 그 후에 다가오는 비탈진 내리막길,/ 도달할 수밖에 없는 최후의 폐허."(「예언자」) 같은 예언자의 경고가 그렇다. "너희들의 도시에 밤만이 계속되리라. 다시는 영영 해가 뜨지 않으리라/ 나의 조롱의 웃음소리만이 만월처럼, 만월처럼 거리거리에 울려 퍼지리라"(「조커」)처럼 욕망과 쾌락으로 가득 찬 인간세계를 향해 준엄한 저주의 말을 퍼붓는 조커의 말 역시 연극적 느낌을 물씬 풍긴다. 이러한 연극적 요소는 다음의 시에서도 발견된다.

멋진 구도는 아예 잡히지 않는다. 아무리 벗어나려 해도 자꾸 발이 미끄러져 들어간다. 처마 낮은 함석지붕, 슬레이트 지붕들이 끊어졌다 이어지고 끊어졌다 이어지면서 열을 짓고 있고, 커다란 가위 그려지고 19금 낙서 휘갈겨진 거무튀튀한 시멘트 담벼락에는 말라붙은 오줌때 자국이 늘 선명하다. 실타래처럼 꼬인 좁은 길을 흩어졌다 모이고 모였다 흩어지면서 어설프게 발을 디민 사람들이 빠져나가기 힘든 미로가 된다

─「골목길」 부분

도심 주변 어느 골목길의 누추하고 음울한 풍경을 그려낸 것으로 보이는 이 시에서 독자는 무대 위에 펼쳐지는 한 편의 연극을 바라보듯 묘한 거리감을 느끼게 된다. "멋진 구도는 아예 잡히지 않는다"로 시작되는 위의 도입부 역시 연극의 무대장치 같은 느낌을 준다. 이러한 느낌은 아마도 인물들의 내면을 배제한 채, 현재형의 문장들을 줄글로 이어붙이며 풍경에 대한 묘사를 모자이크하듯 짜나가는 이 시의 독특한 서술 방식과도 무관하지 않을 듯하다. 위 인용문에 이어 "아랫도리 벌거벗은 채 뒤뚱거리는 걸음마 아이", "런닝셔츠에 무릎까지 닿는 파자마를 입은 배 나온 남자", "작부 일을 은퇴한 게 분명해 보이는 흐린 눈동자의 노파", "잇몸밖에 남지 않은 머리 허연 늙은이" 등을 서술하는 대목 역시 등장인물들이 한 사람씩 무대 위에 등장하는 듯한 느낌을 준다. "낡은 라디오에서 흘러나오는 청승맞은 유행가 가

락", "어떤 여자의 바락바락 악쓰는 소리", "몇 끼니 동안 손길이 닿지 않은 굶주림에 지친 아이의 경기에 가까운 울음 소리" 등, 골목길을 이루는 풍경의 리얼한 세목들에도 불구하고 그 풍경이 현실의 직접성이 소거된 듯한 거리감을 느끼게 하는 것이 이 시의 독특한 연극적 효과다.

이 시는 "넓으면서 좁고 좁으면서 무한히 넓은 이 원반형, 혹은 네모난 우주"는 "밤과 낮을 가로질러, 꿈과 생시를 가로질러 수시로 출몰한다"라는 문장으로 마무리된다. 이 말에는 세속 세계의 비참을 보여주는 골목길의 모습이 우리가 몸담은 현실세계를 표상하는 하나의 축도라는 시인의 메시지가 담겨 있는 듯하다. 이 시뿐만 아니라 김기주의 많은 시들은 도시 주변의 가난하고 비참한 삶과 욕망과 환락으로 가득한 도시의 삶을 시의 소재로 즐겨 채택하고 있다. 이 시에서 시인이 골목길에 거주하는 사람들의 삶을 안쪽이 아닌 바깥쪽의 시선, 즉 관찰자의 시선으로 바라보고 있다는 점은 그가 이 공간을 현대 사회의 보다 넓은 상징적 문맥 속에 위치 지으려는 의도와 관련이 있어 보인다. 그런 점에서 골목길에 대한 시의 묘사를 끌고 가는 것은 그곳에 거주하는 사람들의 삶의 리얼리티가 아닌, 골목길로 표상되는 세계에 대한 시인의 성찰적 시선이다. 흥미로운 것은 풍경의 외부를 훑어나가는 파노라마적 시선이 이 시에서 리얼리티에 매몰된 시선으로는 포착하기 어려운 어떤 효과, 즉 낯설게 하기의 효과를 발생시키고 있다는 점이다. 시가 보여주는 묘사의 리얼리티는 일상 세계의 리얼리티를 강화하기보다

오히려 낯설게 만드는 효과를 내고 있다. "꿈과 생시를 가로질러"라는 시인의 말처럼, 이 시는 골목길로 표상되는 현실 세계를 마치 꿈의 한 장면처럼 바라보게 한다. 몰락해가는 세속 현실에 대한 리얼한 묘사가 마치 한 편의 상황극처럼, 또는 꿈의 한 장면처럼 낯설게 느껴지는 효과는 시에 내재된 관찰과 성찰 사이, 그 어디쯤에서 발생하는 것 같다.

2.

꿈과 생시의 겹침, 혹은 꿈과 현실을 가르는 경계의 모호성은 김기주의 시에서 비교적 자주 발견되는 현상이다. 「엘리베이터」라는 시에서 시인이 "깜빡깜빡 빛나는 머리 위의 숫자들을 보면/ 어딘가 다른 세계로 빨려 들어간다는 느낌"이라고 말하거나. 「먼 행성으로 돌아가는」에서 "늘 앉아 있던 카페인데/ 어느 순간 갑자기 주변이 낯설어지고/ 이상한 곳에 와 있다는 느낌이 든다면"이라고 말할 때, 혹은 "잘 다랗게 부서지는 동그라미 바라보고 있으면/ 웃음과 소란이 넘치는 밝은 세상은/ 어째 좀 가짜 같은 느낌,/ 자꾸 눈이 감긴다. 진짜 세상으로 가고 있나"(「소나기」)라거나, "흑백의 연극 무대 안에서 파스텔톤 빛깔의 세상을 꿈꾼다./ 잠들지 않으면 깨어날 수 없으니/ 기꺼이 수면의 바다로 헤엄쳐 간다"(「웨스 앤더슨 왕국」)라고 할 때, 그의 시들은 종종 꿈과 생시, 혹은 현실과 환상의 경계 위에 서 있는 모습으로 나타난다.

엘리베이터나 "늘 앉아 있던 카페" 같은, 시인에게 익숙한 생활공간들이 문득 다른 세계와 연결되어 있는 듯 낯설게 느껴지는 경험, 쏟아지는 소나기를 보면서 이 세계가 가짜같이 느껴진다거나 잠이라는 "흑백의 연극 무대"(『웨스 앤더슨 왕국』)와 탈출에의 꿈을 겹쳐 놓는 방식 등은 모두 꿈과 현실의 경계를 넘나드는 이 시집의 특징을 보여주는 예들이다. 「눈표범」이나 「Perfect days」 같은 시들에서는 꿈과 현실의 겹침이 보다 적극적인 시의 구성원리로 작용하고 있다. 예컨대 "너를 바라본다. / 침 흘리는 하이에나, 들개떼의 부르짖음이 싫어서 / 어느 고요한 밤, 가장 높은 나무 꼭대기까지 올라간 표범 한 마리"로 시작되는 「눈표범」에서 시인은 "나는 강남대로를 메운 인파에 맥없이 밀려가고, / 너는 흰 설원에 발자국을 남기며 걷는다, 서두르지 않는다. / 나는 에스컬레이터에 실려 지하로 빨려 들어가고 / 너는 깎아지른 암갈색 절벽 끝에 서서 / 세찬 바람에 백회색 털을 휘날리며 / 계곡 사이를 맴도는 독수리를 내려다본다"라고 말하며, '너'라고 호명되는 표범의 야생적 이미지와 현대 문명 세계를 살아가는 '나'를 겹쳐 놓는다. 「Perfect days」에서는 시적 화자의 일상과 〈Perfect days〉라는 영화 속 내용, 시인이 접한 독거노인의 고독사에 대한 뉴스 등이 중첩되면서 이러한 겹침이 보다 더 중층적인 양상으로 전개된다.

한 남자가 자전거를 타고 간다.

작은 차를 몰고 가며 오디오를 켠다.

카세트 테이프로 지나간 팝송을 듣는다.

삼백 원짜리 삼중당 문고의 갈색 표지가 보인다.

등나무꽃 만개한 벤치에 앉아 누군가를 기다린다.

기다리는 사람은 나타나지 않는다. 벤치에 누워 잠이

든다.

하늘이 어두워지고 빗방울이 떨어진다.

자전거에 올라탄 남자의 뒷모습이 멀어진다.

엔딩 크레딧이 올라간다.

—「Perfect days」 부분

이 시에서 시인은 "자꾸 몸에 달라붙는 정적을 떨쳐내려/ 별로 내키지 않는 기분으로 청소기를 돌리는데/ 먼지 쌓인 한 주는 흡입이 되지 않고", "구차한 삶들이 이십 년 된 소파 위에서 더욱 구차해"지는 등의 문장들로 표현되는 화자의 일상을 빔 벤더스 감독이 만든 일본 영화 〈Perfect days〉의 내용과 비스듬히 겹쳐 놓는다. 이를테면 화자가 청소기를 돌리는 장면에 "(정성을 다해 공중화장실을 청소하면 무언가 깨끗해지는 기분이 될까?)"라는 문장을 괄호 속에 집어넣거나, 위의 인용문에서처럼 자전거를 타고 가는 한 남자가 영화 속 주인공인지 화자인지 구분되지 않는 상황 속에 "삼백 원짜리 삼중당 문고"를 슬쩍 끼워 넣는 식이다. 화자의 현실 또한 영화 속 주인공의 그것과 다르지 않다는 듯 엔딩 크레딧이 올라가는 장면 뒤에는 "죽은 지 일주일 만에 발견

되었다는 독거노인"의 뉴스가 따라붙는다. 시는 죽기 전 독거노인이 보낸 하루를 상상하며 "스쳐 지나간 그 수많은 날들처럼/ 완벽하게 지워질 오늘 또 하루/ Perfect days"라는 문장으로 마무리된다. 이 시가 이러한 중첩된 구성을 통해 불러내는 것은 비애감이다. 비애를 표현하는 직접적인 문장이 없이도, 시인은 'Perfect days'라는 말 아래 화자의 일상과 영화 속 주인공의 일상, 고독사한 독거노인의 일상들을 겹쳐 놓으며 우리를 스쳐가는 숱한 오늘들, 완벽하게 지워질 그 시간들 속에 담긴 삶의 비애를 효과적으로 담아낸다.

이처럼 자신의 삶이 시의 소재가 될 때 시인의 언어들은 연극적 특성을 보이는 앞서의 시들과 확연히 다른 모습을 보인다. 현대 문명 세계를 냉철한 비판의 시선으로 바라보던 시인의 언어는 직접 그 현실을 살아내는 자의 비애나 고통의 언어로 자리바꿈한다. 이와 더불어 단호하고 냉소적이기까지 한 시의 어조는 따뜻하고 포용적인 어조로 변해간다. 그것을 보여주는 대표적인 예가 시인이 자신의 가족사를 들려주는 시들이다.

시집 2부의 문을 여는 「불국사 데이트 사진」에서 시인은 결혼 전 부모가 불국사에서 찍었던 흑백사진을 들여다보고 있다. 시인은 "작은 아들은 별 볼 일 없는 선생이 되어/ 그가 늘그막에 쓰는 시 한 구절에" 자신들이 등장하게 될 것을 사진 속 젊은 부모는 몰랐을 것이라고 말하며 부모와 자신의 가족사를 떠올린다. 시인의 상상 속에서 "중절모 그늘에 반쯤 가려진" 젊은 아버지의 모습은 "좀 의기양양해 보이"

고, 젊은 어머니는 "꽃양산 아래" "다소곳한 자세로 마냥 수줍은 미소를 짓고 있"다. 행복해 보이는 사진 속 젊은 부모의 모습과 그들 가족이 겪어낸 "끊임없이 길게 이어질 달동네에서의 잠 못 이루는 밤/ 한숨 쉬며 뒤척인 그 많은 순간들"을 오버랩하는 시인의 어조에는 어쩔 수 없는 페이소스가 깃들인다. "흑백의 사진인데도/ 하얀 구름을 피워올리는 하늘의 푸른 기운이 배어난다"라고 말하는 시의 마지막 구절에서 시인은 그 페이소스를 자신의 부모가 살아낸 힘겨운 삶에도 불구하고, 오래전 어느 따뜻한 봄날 하루 젊은 부모가 느꼈을 행복을 응원하는 애틋한 마음으로 표현한다.

자기 삶의 뿌리였을 부모의 젊은 날을 시의 세계로 불러낸 시인은 「봄날은 간다」와 「종이접기」 등에서 어머니와 함께했던 유년기의 가난하고 힘겨웠던 시절을 떠올리고, 어머니가 남기고 간 빈방에서 "먼지 뒤집어쓰고 있는 엄마의 이야기를 듣"(「종이접기」)는다. 「건네지 못한 말」에서 시인의 가족 서사는 몇해 전 세상을 떠난 사촌누이에 대한 회한과 그리움으로까지 확장되는 모습을 보여준다.

3.

사라진 가족을 회상하는 시들에서 나타나는 페이소스의 정서는 시집의 뒷부분으로 갈수록 반복되는 일상 속에서 시인이 느끼는 고단함과 다른 현실을 갈망하는 고통의 언어들로 변해간다. 일상의 피로와 내면의 균열을 이야기하는 그의 시들에서 두드러지게 나타나는 것은 주변의 사물들을 시인 자신의 내면적 정서로 자기동일화하는 서정시 특유의 어법이다.

시적 대상에 대한 정서적 자기동일화를 보여주는 이러한 시들에서 자주 나타나는 것은 사라진, 혹은 사라져가는 존재들을 향한 우울과 탈출이 불가능해 보이는 일상 속에서 시인이 느끼는 삶의 비애다. 해방촌이나 한강 주변, 흑석동 같은 지역을 산책하는 시인의 눈에 비친 풍경은 대부분 사라져가는 세계의 모습이다. 「흑석동 산책기」에서 "검은 고양이 한 마리 소리 없이 나타났다 사라지고/ 귀퉁이 부서진 연립주택 철문에 붙은 노란 테이프들, 출입금지 경고장들, 좁은 마당에 뒹구는 녹슨 양푼과 깨진 화분들"을 훑어나가던 시인은 "이제 곧 여기에도 높다란 아파트들이 들어설 것이다./ 옛날을 기억하는 나 같은 발걸음도 서서히 끊어질 것이다"라고 말한다. 사라진 가족을 떠올릴 때와 마찬가지로 사라져가는 세계를 더듬는 시인의 마음 역시 짙은 페이소스에 덮여 있다.

사라져가는 것들에 대한 페이소스가 자신의 삶을 향할 때, 시인의 언어들을 채우는 것은 생활에 허덕이며 마모되어가는 삶에 대한 우울이다. "밀려가는 사람들 틈에서 숨쉬기가 힘들 때/ 밀물처럼 날마다 몰려와 쌓이는/ 소화시킬 수 없는 느낌의 덩어리들이 몸 안에 걸려 있는 채/ 그래도 아무 일이 없었던 듯 조용한 걸음으로 전철역을 향해야

하는 나날"(「때로 외딴집이 필요하다」)이나, "종일토록 세상을 지
켜보느라 파김치가 된 해가 넘어가고/ 치명적인 쓰나미처
럼 어스름이 밀려온다"(「옥상」)처럼, 시집의 3부에 실린 시들
은 대부분 이와 같은 생활인의 우울을 토로하는 시들이다.

가파른 층계들의 끝에서 하늘을 만난다.
뒤로 뒤로 밀려나는 수많은 문들, 복도들, 책상들
엎드려 있거나 기울어져 있거나 벽에 기댄 사람들
감동 없이 손을 젓는 무표정한 시계 행렬

감추고 싶은 무언가를 덮고 있는 먼지 때 얼룩진 청색
방수포
부서져 나뒹구는 회색 벽돌 몇 장
금방 숨이 멎을 듯 덜거덕거리는 굴뚝 끝 바람개비
　　　　　　　　　　　　　　　　—「옥상」 부분

"뒤로 뒤로 밀려나는 수많은 문들, 복도들, 책상들", 그
"무표정한 시계 행렬"에서 벗어나 가파른 층계들의 끝에서
시인이 만난 것은 하늘만이 아니다. 그곳에서 시인은 "감추
고 싶은 무언가를 덮고 있는" 청색 방수포를 보고 "레고 조
각같이 작게 말라붙은 시멘트 건물들"과 "느릿느릿 이어지
는 개미 떼 행렬 모양의 차량들"을 본다. 시인이 옥상에서
마주친 풍경들은 시인에게 그 어디에도 탈출구가 없다고 말
하는 듯 현실에 대한 암울한 뷰를 선사할 뿐이다. 이 시에

서 시인의 눈에 비친 벽에 기댄 사람들, 청색 방수포, 회색 벽돌, 굴뚝 끝 바람개비 등은 일상의 풍경들인 동시에 시인의 암울한 내면을 비추는 비유물이다. "불빛 모두 꺼진 고층 아파트 베란다에/ 노인 하나 우두커니 서서", "종신형 죄수복을 걸친 몰골/ 날마다 거울에서 확인하는"(「줄여 쓰는 회고록」) 삶 속에서 시인이 꿈꾸는 것은 탈출이다. 시인은 "시멘트 거리가 아닌 곳"(「때로 외딴집이 필요하다」)에 있는 외딴집을 꿈꾸고, 지하철의 빨간 비상벨을 보며 "탈출해야 한다는 위기감"으로 "단호하게, 천천히 빨간 버튼을 누"(「비상벨」)르는 자신의 모습을 상상한다. 그러나 탈출을 꿈꾸는 시인의 마음 안에는 동시에 탈출이 불가능한 현실에 대한 우울이 함께 자리잡고 있다. 이 시집의 표제작이기도 한 「심야 토끼」에는 "새벽 세 시까지 잠을 이루지 못하고 뒤척이던" 시인이 한강 잔디밭에 나가 낯선 토끼 한 마리와 마주친 이야기를 들려주며 "지울 수 없는 우울의 씨앗 하나가 잭의 콩나무처럼 뻗어나"오는 마음을 느끼고 "모두들 어디로들 가고 있는 것일까"라는 물음과 대면하는 모습이 담겨 있다. 「울고 싶은 날」이라는 시에는 시인이 일상에서 느끼는 절망과 그 절망에서 벗어나려는 절박함이 다음과 같이 표현돼 있다.

나는 살아 있다.
어쨌든 살아 있다.
당분간은 견딜 수 있다.
스스로 위로하면서

떠나지 못하고 몸 안에 아직도 남아 있는 것
마음 밑바닥에서 꿈틀거리며 다시 나타나는 것들
천천히 응시하면서
다음의 더 긴 울음을 준비한다.
                              ―「울고 싶은 날」부분

　일상의 어느 순간 불현듯 내면의 저 깊은 곳에서 치솟아
오르는 울음, "몸 크기의 어둠에 완전히 젖을 때까지" 시인
을 사로잡아버린 울음이 지나간 후, 시인은 휑하니 비어버
린 몸속에서 "어둠에 잠긴 세상의 고요가 새삼스럽게 다가
오고/ 불빛들 좀 더 선명하게 보이"는 순간을 만난다. 그 순
간 시인은 자신이 살아 있음을 느끼고 당분간 견딜 수 있음
을 느끼고 마음속에서 꿈틀거리며 다시 나타나는 생의 어
떤 장면을 맞이한다. 격렬한 울음의 시간이 지나간 후 일상
이 소거되어 버린 듯 텅 비어버린 몸속에서 꿈틀거리는 생
의 에너지와 다시 마주하는 그 순간은 상상컨대 시인이 시
와 마주하는 순간이 아니었을까? 생의 에너지를 소진시키
는 일상성의 세계로부터의 탈출을 꿈꾸는 마음은 어쩌면 일
상의 어느 순간 섬광처럼 시인의 영혼을 사로잡아버릴 시
의 순간을 꿈꾸는 마음과 다르지 않을 것이다. 탈출에의 꿈
이 시의 에너지가 되고 시가 탈출을 향한 꿈의 에너지가 되
는 것. 시인으로 하여금 일상의 시간들에 매몰되지 않고 그
에 대한 응시를 계속해오게 한 것은 일상의 밑바닥에서 끈
질기게 지속되어온 시를 향한 어떤 열망이 아니었을까? 학

창 시절 시인이 누구보다 시에 열정적이었음을 알고 있기에
이 시의 마지막 문장인 "천천히 응시하면서/ 다음의 더 긴
울음을 준비한다"는 시인의 첫 시집 출간과 더불어 내게 더
특별한 울림으로 다가온다.